지독한 장난

초판 1쇄 펴냄 2014년 11월 28일
14쇄 펴냄 2023년 6월 12일

지은이 이경화

펴낸이 고영은 박미숙
펴낸곳 뜨인돌출판(주) | 출판등록 1994.10.11.(제406-251002011000185호)
주소 10881 경기도 파주시 회동길 337-9
홈페이지 www.ddstone.com | 블로그 blog.naver.com/ddstone1994
페이스북 www.facebook.com/ddstone1994 | 인스타그램 @ddstone_books
대표전화 02-337-5252 | 팩스 031-947-5868

ISBN 978-89-5807-550-9 03810

지독한 장난

이경화 글

뜨인돌

1

준서는 집으로 들어오자마자 텔레비전을 켰다. 한발 늦었다. 챔피언은 사각의 링 위에서 미친 듯이 벨트에 입맞춤을 하고 있는 중이다. 거미 문신으로 온몸을 도배한 챔피언은 분명 케리다. 우, 사람들의 야유 소리. 준서도 손을 내지르며 함께 소리쳤다. 우우우우—.

해설자의 목소리는 들떠 있다.

"케리야말로 눈속임의 명수인데요. 자신이 불리하다 싶으면 바로 반칙을 쓰죠. 심판을 자유자재로 갖고 노는 모습이 대단합니다. 이렇게 되면 반칙도 고도의 테크닉으로 보여지는데요. 아무튼 챔피언은 케리입니다."

준서는 오랫동안 악인이 챔피언인 것을 이해할 수가 없다. 어떤 레슬링 경기건 각본이다. 미리 써진 각본 앞에서 흥분하는 자신도 우습지만 작가가 만든 각본대로 멋지게 연기할 수 있는 레슬러야말로 진정한 챔피언이라고 생각한다. 체력과 기술이 없다면 연기는 금방 들통 나고 만다. 아무리 근사한 역할이 주어져도 소용없다. 챔피언은 경기 초반에는 수세에 몰린다. 굴욕적으로 무릎이 꿇리고 두들겨 맞는다. 고통스러운 신음 소리도 낸다. 그것을 이기게 하는 것이 체력이다. 그리고 오기. 챔피언은 자존심이 잔뜩 구겨져서 얼굴을 고통스럽게 일그러뜨린다. 그때가 바로 역전의 순간이다. 뱃속으로부터 끓어 나오는 분노를 토해 내고 나면 멋진 기술로 상대를 무너뜨린다. 관중은 기회주의자인 챔피언 케리를 향해서 환호가 아닌 야유를 퍼붓고 있다. 하지만 케리가 챔피언 자리를 지키고 있는 것이 벌써 두 달째다. 겉으로 욕을 하지만 속으로는 좋아하고 있다고 볼 수밖에 없다. 대체 왜 악인이 챔피언을 하도록 놔두는 것인가?

"집에 오자마자 뭐하는 거야!"

엄마다. 부슬부슬한 커트 머리와 후줄근한 윗도리에 하얀 실밥을 잔뜩 매달고 조그만 눈을 치뜨고 있다.

"이 녀석이 대체 커서 뭐가 되려고 이래!"

주먹이 머리를 강타하려는 순간 준서는 재빨리 일어나 엄마의 허리를 뒤에서 꽉 껴안았다. 레슬마니아 챔피언십 매치에서 워리어와 헐크호건의 경기를 잊을 수가 없다. 산발한 금발 머리, 구릿빛으로 번들거리는 근육질의 팔과 다리에 노란 수술을 잔뜩 달고 나온 워리어는 성난 사자의 모습이었다. 워리어는 벗겨진 머리에 겨우 노란 팬츠 한 장만 걸치고 나온 헐크호건을 마주 안고 허리조르기를 했다. 헐크호건은 얼굴이 시뻘게져서 꼼짝도 못했다. 하지만 엄마는 그렇지 않았다. 준서의 허벅지를 손으로 한 번 툭 치더니 엉덩이를 쑥 민다. 준서는 바로 나동그라졌다.

"새로 나온 엉덩이치기 기술이군요. 준서 선수 충격이 크겠는데요. 해설자님 한마디. 네, 허리가 두꺼운 사람에게 유리한 기술이죠. 제대로 조를 수가 없으니까 엉덩이에 당할 수밖에 없죠. 참 안타깝네요."

"빨리 못 일어나!"

준서는 재빨리 일어나 다시 돌진했지만 엄마 품에 쏙 안겨 버린 꼴이 됐다.

"중학생이나 돼 가지고 엄마랑 이렇게 놀고 싶니?"

쭈르르 미끄러져 엄마 다리를 붙들고 늘어졌다. 하지만 아무리 흔들어 대도 꼼짝도 안 한다. 레슬러의 길은 멀고도 험하다. 부모님에게 하지 못한 말. 레슬러가 되고 싶다. 준서는 엄마 다리에 매달린 채로 레슬링이 시작할 때 요란스럽게 빵빵 울리는 테마곡, 'Across the nation'을 떠올렸다.

They refuse to see the change me

그들은 내 안의 변화를 보길 거부한다

Why won't they woke up?

왜 그들은 깨어 있지 않지?

Come on, come on, come on

자, 자, 자

Let's get it on

시작해 보자

엄마는 가볍게 다리를 흔든다. 준서는 바로 나동그라졌다.

"사내자식이 빌빌해서는, 빨리 들어가서 공부해!"

"알았다고!"

맞받아치고 방으로 들어와 털썩 주저앉았다. 컴퓨터에 저장해 둔 워리어 대 헐크호건의 경기를 켰다. 여러 번 반복해서 봐도 온몸이 짜릿짜릿하다. 이거야말로 사나이 대 사나이의 경기다. 손가락만 까딱했을 뿐인데 스스로 알아서 머리를 박는다거나 살짝 건드렸을 뿐인데 대자로 엎어지거나 하는 연기가 아니다. 진정한 힘겨루기다. 케리처럼 상대가 등을 보였을 때 점프해서 팔꿈치로 찍어 내리거나, 링 밖으로 나간 선수가 올라오지 못하게 손가락을 발로 짓밟는 행동도 하지 않는다. 상대가 링 밖으로 나가면 같이 나가고 링 위에 엎어져 있으면 관중석을 향해 환호를 유도하며 일어서기를 기다려 준다.

하지만 승자와 패자는 있다. 사각의 링 안에서 승부가 나려면 심판이 원, 투, 쓰리를 외칠 때까지 상대를 꼼짝 못하게 만들어야 한다. 준서는 워리어가 헐크호건의 다친 왼쪽 무릎을 계속 공격하는 것을 보면서 몸을 떨었다. 근육이 울룩불룩한 워리어의 번들거리는 다리가 노란 보호대를 찬 헐크호건의 무릎을 강타한다. 준서는 그 장면을 반복 재생해서 봤다.

'남자라면 저 정도는 돼야지.'

자리에서 일어나 의자를 발로 차 보았다. 한 번 더, 한 번 더, 좀 더 세게. 의자는 결국 요란한 소리를 내며 쓰러진다. 준서는 방바닥에 엎드려 카운트다운을 시작했다. 원, 투, 쓰리.

"네, 새로운 챔피언이 탄생했습니다. 준서 선수, 성난 호랑이와 같은 모습이군요."

준서는 경기에서 이긴 워리어처럼 방방 뛰면서 손을 흔들어 댔다.

"이럴 줄 알았어!"

엄마가 방문을 벌컥 열며 소리친다. 준서는 의자를 바로 세워 앉았다.

"제대로 해. 숙제 먼저 하고, 문제집도 풀고. 검사할 거야."

"아빠는? 엄마는 안 자?"

"밤새워야겠다. 아빠는 늦어. 모임 있대."

엄마는 혀를 몇 번 차더니 밖으로 나갔다.

준서는 영어 교과서를 펴고 중얼중얼 소리를 내며 읽기 시작했지만, 채 한 쪽을 못 읽고 귀를 막았다. 오늘따라 유난히 재봉틀 소리가 크다. 준서의 귓바퀴에서 전투적으로 페달을 밟고 있다. 엄마는 어깨가 결리다, 목이 아프다 하면서도 재봉틀을 돌리고 있을 때가 가장 행복하다고 한다. 일감은 늘 밀려 있다. 솜씨가 좋기 때문이다.

"뭐 하나만 똑 부러지게 하면 돼." 엄마가 말하면 손재주가 좋은 아빠는 "그러면 밥은 안 굶고 살지." 하면서 맞장구를 친다. 엄마는 조그만 방 안에서 재봉틀을 돌리고 아빠는 조그만 철물점 안에서 공구들을 손본다. 프로레슬러의 삶을 생각하면 엄마와 아빠의 인생은 개미 똥만큼이나 초라하다. 준서는 부모님이 단 한 번이라도 사람들의 환호를 받아 본 적이 있는지 궁금하다. 밥을 먹고 살 수 있다는 것만으로 진짜 행복한지 궁금하다.

2

준서는 손을 꼭 쥐었다. 지우개 가루의 감촉이 낯설다. 시커먼 가루를 물뿌리개로 물을 뿌리듯 혜진의 얼굴에 뿌리면 된다. 놀라서 두 눈을 꼭 감고 소리를 지르겠지. 그 틈에 목띠를 잡아당겨야 한다. 설마 목이 부러지는 건 아니겠지. 강민이 휘파람을 불며 빨리하라는 신호를 보내고 있다. 준서는 쭈뼛거리며 일어섰다. 오래달리기라도 한 것처럼 다리에 쇳덩이가 매달려 있다.

"야, 미친 예수."

혜진이 돌아다본다. 지우개 가루는 땀에 젖어 눅눅하다. 손가락을 꼼지락거려 가루를 떼어 낸 후 휙 던졌다. 꺅—, 소리와 동시에 혜진이 두 팔을 허우적거린다. 그 틈에 목띠를 확 잡아당겼다. 목띠는 너무나 쉽게 단추까지 단 채로 떨어졌다. 준서는 손에 들려 있는 게 커다란 벌레라도 되는 것처럼 재빨리 강민에게로 던졌다. 강민은 한 손을 척 올려 벌레를 움켜쥔다. 아이들이 쳐다보고 있다. 이럴 때 근사한 대사를 날려야 하는데, 머릿속은 지우개 가루가 꽉 들어차서 운전을 멈추고 있다.

"뭐하는 거야?"

혜진이 벌건 얼굴로 소리친다. 아직 늦지 않았어. 관중들이 쳐다보고 있다.

"네, 미친 예수 선수. 진주 목걸이를 강탈당하고 울부짖고 있습니다. 하지만 너무 늦었죠."

준서는 신이 나서 이죽거리는 자신의 목소리를 들었다. 웃어 대는 아이들에게 브이를 그려 보이고 자리로 돌아와 앉았다. 혜진은 지우개 가루를 털려는 생각도 하지 않고 준서를 째려보고 있다. 눈알이 튀어나올 것 같다. 준서는 손가락으로 코를 밀어 올리며 꿱꿱 소리를 냈다. 아이들이 또 한 차례 웃었다. 아무도 혜진에게 다가가 위로해 주지 않는다. 준서는 소리 나게 발을 굴렀다. 그러고는 지우개 가루를 피하려 두 팔을 허우적거리던 혜진을 흉내 냈다.

"대박이다, 대박. 준서 쟤 진짜 웃겨. 개그맨이야."

강민의 목소리가 귀에 쏙 들어온다. 준서는 혐오스러움으로 가득한 혜진의 눈동자 정도는 아무렇지도 않다고 생각했다. 강민 같은 애와 친구라면 관중석으로 가득 찬 사각의 링 위에 있는 것과 같다.

강민은 키도 크고 어깨도 떡 벌어졌다. 코 밑에는 수염도 거뭇하다. 준서는 남자아이들 사이에서 팔씨름 대회가 벌어졌을 때 잡아 보았던 강민의 단단한 손바닥을 잊을 수가 없다. 강민은 자신의 어깨에도 닿지 않는 준서가 팔씨름을 하겠다고 덤비자 웃었다. 그리고 준서의 조그만 손을 잡아 주었다. 단박에 넘기지는 않았다. 준서가 안간힘 쓰는 것을 표정 없는 얼굴로 오랫동안 바라본 후 책장을 넘기듯이 툭 건드려 쓰러뜨렸다. 힘도 힘이지만 선생님들이 있을 때 거침없이 웃긴 소리를 할 수 있는 것도 강민뿐이다. 강민은 두려울 게 없는 것처럼 보였다.

준서는 혜진의 눈빛을 마음속에서 몰아냈다.

모든 것이 혜진이가 미친 예수이기 때문이다. 국어 시간에 혜진이 존경하는 인물로 예수님을 말하지 않았더라면 이런 일도 벌어지지 않았을 것이다. 더군다나 혜진은 예수님과 같은 '일생'을 살고 싶다고 했다. 아이들은 인간이 신이 되려고 하는 건 신성모독이라고 했다. 혜진은 예수님과 꼭 닮은 사람과 결혼을 하겠다고 했다. 아이들은 혜진이 까졌기 때문에 열다섯 나이에 결혼 운운하는 것이라고 했다.

사실 준서는 방글방글 웃으면서 발표를 하는 혜진이 멋있어 보였다. 존경하는 인물이 신이라니 통도 크다고 생각했다. 키로 보나 몸집으로 보나 반에서 가장 작은 축에 속하는 준서가 존경하는 인물로 프로레슬러들을 말할 수 있었던 것도 혜진에게 용기를 얻었기 때문이었다. 하지만 국어 시간이 끝나고 난 후 혜진은 더 이상 혜진으로 불리지 않고 예수라 불렸다. 앞에 '미친'이라는 수식어를 단 채로.

가장 먼저 시작한 건 강민이었다. 아니, 강민이 미친 예수라는 웃긴 말을 생각하지 않았다면 혜진이 미친 예수가 되지 않았을지도 모른다. 강민은 혜진의 등 뒤에 미친 예수라고 쓴 종이를 붙였다. 혜진은 말했다.

"예수님을 모독하면 안 돼."

'모독'이라는 말을 쓰자 아이들이 웃었다.

혜진의 책상 위에 놓여 있던 작은 액자 속 예수님은 묵묵히 모든 것을 바라보다가 강민의 손에 붙들려 바닥에서 뒹굴었다. 그리고 깨졌다. 준서는 예수님을 존경하는 혜진이 멋있다는 생각을 머릿속에서 재빨리 지웠다.

미친 예수야. 어차피 미쳤으니 고통도 덜할 것이다. 그리고 혜진이 말하지 않았던가. 고통이 다가올 때면 예수님을 생각하며 그 고통을 참는다고. 커다란 눈에 높이 솟은 코, 곱슬거리는 머리카락을 가진 혜진은 생긴 것도 예수님과 비슷하다. 혜진에게 예수님 생각할 시간을 더 많이 주고 있는 것뿐이다. 준서는 스스로를 위로했다.

수업 시작을 알리는 종이 울렸다.

도덕 시간은 복장 검사로 시작된다. 선생은 아이들을 쭉 훑어보다가 손가락으로 혜진을 가리켰다.

"윤혜진, 목띠 없니?"

준서는 침을 꿀꺽 삼켰다. 공기는 바위가 되어 무겁게 어깨를 짓누른다. 복장 검사에 걸리면 수행 평가에서 2점 깎인다. 혜진은 전교 3등으로 반에서는 1등이다. 혜진에게 2점은 대단히 큰 점수다. 어깨를 누르던 바위가 가슴속으로 덜컥 들어왔다.

"뺏겼습니다."

도덕 선생의 별명은 '번카'다. 번진 마스카라. 준서는 여자애들이 속눈썹을 길게 보이기 위해 마스카라를 바른다는 것도, 선생의 눈 주위가 지저분한 이유도, 아이들을 따라 별명을 부르면서 알게 되었다.

"뭐라고?"

"뺏겼습니다."

준서는 가슴속에서 쿵쿵 뛰고 있는 바위를 진정시키기 위해 심호흡을 했다.

'빨리 말해. 김준서가 뺏어 갔다고.'

준서는 꼿꼿하게 앉아 있는 혜진의 옆모습을 힐끔거렸다.

"그게 뭐가 된다고, 누가 뺏어 갔니?"

"김준서가요."

한숨이 절로 나왔다. 이제, '김준서가 누구니?' 하는 물음에 '저요.' 하고 대답만 하면 된다. 그러면 혜진이 점수 깎일 일도 없다. 준서는 선생을 똑바로 쳐다보았다.

"김준서?"

"네!"

준서는 싱글거리며 대답했다.

"진주 목걸이, 진주 목걸이 하니까, 진짜 진주로 착각한 거 아니야?"

눈치 빠른 아이들이 키득거리기 시작했다.

"벌써 진주 팔아서 라면 사 먹었대요."

강민이다. 타이밍을 놓칠 리가 없다. 웃음이 요란한 소리를 내며 교실을 가득 채우기 시작한다. 준서도 어색하게 웃었다. 선생은 웃음이 멎기를 기다려 수업을 시작했다. 아니, 혜진으로부터 저지당했다.

"제 목띠 찾아 주세요."

선생의 얼굴에 귀찮은 빛이 스쳤다.

"돌려줘라."

"네!"

준서는 얼른 대답했다.

"지금요."

혜진의 목소리는 마치 연극 대사를 읽는 것처럼 현실감이 없다.

준서는 재빨리 말했다.

"라면값 갖다 주고 찾아올게요."

아무도 웃지 않았다.

강민이라면 어떤 말을 했을까? 준서는 머쓱해져서 고개를 푹 수그렸다.

3

"최강민!"

"왜요?"

"뭐? 넌 학교에서도 그러니? 학원 선생은 선생 같지도 않아? 선생님이 묻는데 왜요가 뭐야, 왜요가!"

"왜요?"

아이들이 키득거리기 시작한다. 선생을 자극하여 흥분시키는 일만큼 짜릿한 것도 없다. 관객이 있을 때 즐거움이 배가 되는 놀이다. 벌써 잔뜩 긴장한 아이들은 선생과 강민을 번갈아 쳐다보며 기대에 찬 얼굴이다. 강민은 의도적으로 심드렁한 표정을 지었다.

수학 담당인 김현주 선생은 제법 귀여운 얼굴이다. 몸에 꼭 달라붙는 원피스를 입었는데도 군살 하나 보이지 않는다. 실력도 그만하면 괜찮다. 선생에게 불만은 없다. 그저 심심한 것뿐이다.

강민은 아무렇지도 않은 얼굴을 하고 머릿속으로는 여러 가지 시나리오들을 빠르게 전개시켰다. 선생이 훈계를 시작하면 짜증난다는 투로 “수업이나 하시죠.” 하고, “어머니하고 상담 좀 해야겠다.” 하면 “하든지 말든지 나한테 허락받고 해야 돼?”라고 혼잣말처럼 뇌까리면 된다. 밖으로 끌어내려고 한다면 완력으로 붙는다. 선생도 안다. 저 가느다란 팔뚝으로 자신을 이길 수 없다는 것을. 더군다나 엄마와 상담하는 일은 발생하지 않는다. 그것은 선생 스스로 실력 없음을 고백하는 꼴이 되고 말테니까. 학교 선생이 아니라 학원 선생이다. 무엇으로 보나 자신이 우위에 있다. 강민은 승리자의 웃음을 헛기침으로 눌렀다.

“한심한 놈.”

역시 선생은 한발 물러나 대응한다. 이러면 재미없어지는데. 강민은 이쯤에서 관두기로 한다. 손가락을 튕기며 응수해 주었다.

“빙고!”

아이들이 키들거린다.

선생은 벌게진 얼굴을 수습하지 못하고 등을 돌려 칠판에 문제들을 써 내려가기 시작했다. 속으로 무슨 생각을 하는 걸까? 강민은 호주머니를 뒤적거려 칼로 토막 낸 지우개를 한 움큼 꺼냈다. 아이들의 시선이 여전히 자신에게 향해 있음을 느끼며 선생을 향해 던졌다.

“누구야?”

“하느님!”

아이들이 다시 웃기 시작한다. 선생이 머리를 흔들자 파마머리에 얹혀 있던 하얀 지우개 조각들이 떨어졌다. 선생의 얼굴이 일그러지기 시작한다. 힘없는 패배자의 모습이다. 강민은 다른 선생들처럼 자신을 무시하지도, 위협적으로 대하면서 공포 분위기를 조성하지도 못하는 선생의 반응이 슬슬 지겨워졌다.

"빨리 수업이나 해요!"

선생은 기가 차다는 얼굴이다. 하지만 정말 수업이나 했다. 원장이나 다른 선생들에게 능력 있는 사람으로 보이기 위해서는 아무 일도 없었다는 듯 조용히 수업 시간을 채우는 것이 무엇보다 중요하다.

밤 10시, 수업이 끝났다. 선생은 꽤 지쳐 있었다.

"최강민, 남아."

"안 돼요. 엄마가 아래서 기다리고 있어요."

"그럼 어머니 올라오시라고 해."

"씨팔."

"뭐라고?"

"아무 말도 안 했어요."

어른들은 일대일일 때 강하다. 강민은 가방을 둘러메고 일어섰다. 선생이 황급히 다가오더니 팔을 잡는다. 가느다란 손가락에 힘이 들어가 있다. 하지만 강민이 살짝 뿌리치는 것으로 선생은 손을 놓쳐 버렸다.

"넌 도대체 어떻게 된 애니?"

"오줌이 마려워서 죽을 것 같은 애요."

아이들이 웃으면서 밖으로 나간다.

"같이 가실래요?"

"갔다 와."

선생은 의심스러운 눈초리다.

"가방은 두고 가."

"선생님을 어떻게 믿고요?"

"기가 막혀."

"막히면 뚫어요."

강민은 선생을 향해 씩, 웃어 보이고 재빨리 밖으로 나와 아이들과 어울려 자전거에 올라탔다.

"선생님은?"

아이들이 묻는다.

"남자 화장실을 기웃거리고 있겠지."

"대단해."

강민은 어깨를 으쓱해 보이고 페달을 밟았다. 시원한 바람이 온몸을 훑고 지나간다. 한 손으로 핸들을 잡고 다른 손을 뒤로 돌려 가방 앞주머니에 손을 넣었다. 핸드폰이 손에 잡힌다. 구멍에 이어폰을 꽂느라 몸이 기우뚱하는 것과 동시에 무게 중심을 잃은 자전거가 휘청한다. 재빨리 핸들을 꺾었다. 그러고도 자전거는 계속 지그재그로 움직였다. 아이들은 강민이 일부러 그러는 줄 아는지 따라 하기 시작했다. 사람들이 휘청거리는 자전거를 피해 멀리 돌아가며 욕을 했다. 강민도 지지 않고 욕을 해 주었다. 아이들은 큰 소리로 웃었다. 강민은 의식적으로 입꼬리만 올렸을 뿐 웃지 않았다.

학원에서건 학교에서건 관심의 대상이 될 수 있는 건 바로 힘 때문이다. 아무나 어른에게 대거리를 하거나 거친 욕을 내뱉을 수 있는 게 아니다. 힘 있는 자만이 가슴속에 꿈틀거리는 욕망을 겉으로 내지를 수 있다. 모두들 가슴속에서 아우성치는 욕망들에 지쳐 있다. 뭔가 재미난 일이 일어나기만을 바라고 있다. 하지만 아무도 사건을 일으키려 하지 않는다. 평범한 것도 싫지만 튀는 것도 싫다. 아니, 튀는 것이 두렵다. 강민은 아이들의 마음속에 도사리고 있는 모종의 음모를 꿰뚫어 보았다고 생각한다. 제대로 튀지 못한 사람에 대한 튀고 싶어 하는 이들의 분노는 이유가 없다. 분명, 아이들은 미친 예수가 괴로워하는 것을 지켜보며 은밀하게 웃고 있었다.

처음에는 사소한 장난으로 시작된 일이었다. 공부 잘하는 애를 곯려 주는 일은 늘 즐겁다. 쉽게 인기를 끌 수 있는 일이기도 하다. 강민은 1등을 유지해 오고 있는 혜진을 괴롭혀서 공부 따위는 신경 쓰지 않는 애처럼 보이고 싶었다. 반에서 중간 정도의 성적으로 공부에 쩔쩔매는 꼴을 보이는 건 그야말로 체면이 안 선다. 하지만 은영이 부추기지만 않았어도 장난이 그렇게까지 길어지지는 않았을 것이다. 은영이와는 초등학교 5학년 때도 같은 반이었다. 자신을 거들떠보지도 않던 콧대 높던 은영이 애교 있게 구는 것도 반 애들에 대한 자신의 영향력 때문이다. 미친 예수는 예기치 않은 희생자가 되었을 뿐이다.

"자기가 세상에서 제일 잘난 줄 알잖아. 재수 없어."

은영이 그렇게 말하니까, 미친 예수가 그렇게 보였다.

"왕따당하는 애들은 다 이유가 있다니까."

은영이 그렇게 말하고 나서부터 아이들은 미친 예수가 당하는 걸 보며 대놓고 웃기 시작했다. 강민은 생각했다. 아이들의 웃음이 자신의 행동을 정당화시켰다고. 미친 예수가 혼자 다니는 것을 보면 때로는 불쌍하기도 하지만 어쩌겠는가? 37명이나 되는 애들을 공부로 따돌리고 있는 윤혜진이다. 전교생 267명을 따돌리고 있는 미친 예수다. 중요한 건 그 누구도 반기를 들지 않았다는 것이다.

강민은 요즘 은영이 생각이 자주 난다. 은영의 빨갛고 도톰한 입술을 보면 가슴이 뻐근해지면서 뜨거워진다. 미친 예수를 싫어하는 이유를 시시콜콜 따져 물을 수가 없다.

4

강민은 벨을 누르면서 잠시 학원 선생을 떠올렸다.

'미련하게 지금까지 기다리고 있는 건 아니겠지. 속은 걸 알고 얼마나 분했을까?'

자전거를 마당에 세워 놓고 계단을 올라가는데 현관문이 활짝 열린다.

"어떻게 된 녀석이야!"

"소리 지르지 말고요."

엄마가 팔을 잡아끈다. 걱정스러운 얼굴이다.

"얘기부터 들어 봐요."

강민은 엄마가 이끄는 대로 소파에 앉았다. 꽉 쥔 주먹을 무릎에 얹고 고개를 약간 숙였다. 방어하기 좋은 자세다. 동시에 맞기 좋은 자세이기도 하다.

"김현주 선생이 너 때문에 수업이 안 된단다! 수업 시간에 얼마나 개판을 쳤으면 그런 소리가 나와! 그리고 선생을 기다리게 하고 내빼는 게 사내자식이 할 짓이야!"

"선생님이 아빠하고 통화했어요?"

제법이야, 강민은 속으로 생각했다. 선생이 집으로 전화를 하리라고는 생각하지 못했다. 더군다나 아빠와 직접 얘기를 하다니. 이런 식으로 나온다면 가만히 있을 수 없다. 강민은 아빠의 턱 언저리에 시선을 두었다. 두들겨 맞느냐, 맞지 않고 넘어가느냐는 자신이 어떤 말을 하느냐에 달렸다. 곤혹스러운 표정을 지어 보이며 말을 꺼냈다.

"제가 수업 시간에 질문을 하기 때문이에요."

질문은 질문이다. 엉뚱한 질문이어서 그렇지. 강민은 선생이 당황하는 모습을 보는 것이 즐겁다. 김현주 선생은 특히나 순발력이 없다. "학교에 불 지르면 어떻게 되요?" 하고 물으면 바로 얼굴이 굳어 버린다. 어떤 미친놈이 학교에 불을 지르겠는가? 머릿속으로 학교가 불에 활활 타는 상상을 하는 것이 분명하다. 강민은 한동안 불 시리즈로 선생을 괴롭혔다. "소방서에 불 지르면 어떻게 돼요?", "주유소에 불 지르면 어떻게 돼요?", "학원에 불 지르면 어떻게 돼요?", "내가 구속이 돼요? 부모님이 구속이 돼요?" 선생은 정말 누가 구속이 될지 생각하는 난감한 얼굴이다.

"선생님은 실력이 없기 때문에 제대로 대답을 못 해요. 그걸 수업 방해라고 생각하는 거예요."

엄마는 그럴 줄 알았다는 표정이다.

"선생이 너무 어리다 했지."

"당신은 가만히 있어."

아빠의 얼굴에 묘한 표정이 떠오른다.

"너는 어떤 질문을 하는데?"

"그거야 수학에 관련된……."

주먹이 강민의 머리를 내리쳤다. 머리는 힘없이 앞으로 떨어지며 무릎을 꿇게 만들었다.

"여보, 제발 이러지 좀 마세요."

"나가서 아빠 욕먹게 하지 말랬지! 예의 바르게 굴란 말이야. 공부도 똥같이 하는 주제에 주먹질이나 해서 학교에 오라 가라 하게 만든 게 엊그제더니, 학원 선생 따위가 전화질을 하게 만들어! 이런 새끼가 우리 자식이라고 하면 누가 믿겠냔 말이야!"

"선생이 오버한 거예요."

엄마의 목소리에 눈물이 묻어 있다.

강민은 자신이 아빠에게 대들까 봐 두렵다. 중학생이 되면서 훌쩍 커 버린 키는 아빠와 비교해도 별 차이가 나지 않는다. 완력으로 붙어도 이길 자신이 있다. 강민은 이를 악물었다.

"학교에 불 지르면 어떻게 되는지 가르쳐 줘?"

가슴이 활활 불타고 있다.

"너 이 개새끼, 내가 먼저 죽여 버릴 거야."

강민은 신문의 헤드라인을 상상했다.

명문대 모 교수의 아들 모 군 학교 방화 후 아버지에게 살해당하다.

참 볼만하겠군. 언제 일어나 줘야 덜 맞을까, 엄마 양은 뭐하고 있는 거야? 아빠 군을 어서 방으로 들여보내지 않고.

"진정하고 들어가세요."

"당신도 이제 애 감싸는 거 집어치워. 이 새끼 당신을 이용하고 있는 거라고."

"알았어요. 알았다고."

이제 금방 끝난다. 강민은 푹 수그린 채 얼굴을 수습하기 시작했다. 눈에 힘을 빼고 시무룩한 표정을 지어 보였다.

사람에는 두 종류가 있다. 기어야 하는 사람과 밟아야 하는 사람. 폭력을 당하지 않기 위해서 긴다. 폭력을 사용하기 위해서 밟는다. 발길질도 당하지 않고 강도가 제법 세기는 했지만 한 대로 끝났으니 다행이다. 하지만 자신의 입지가 좁아졌다. 김현주 선생이 사고를 쳤다. 강민은 가방을 들고 일어섰다. 엄마가 뒤따라 방으로 들어왔다.

"그런 질문을 했어?"

강민은 잠자코 있었다.

"선생이 유머 감각이 없네."

"……."

"내가 원장을 만날까, 아니면 이참에 개인 과외로 돌릴래?"

강민은 고개를 가로저었다. 김현주 선생에게 할 일이 남았다. 엉뚱한 데다 SOS를 치면 어떤 일이 벌어지는지 알게 해 주어야 한다.

"선생님이 실력이 없는 건 아니에요. 좀 고지식하기는 하지만."

"우리 아들은 참 특별해. 선생 때문에 그 곤욕을 치러 놓고도 씩씩하네."

엄마는 다정한 눈길로 바라본다. 강민은 고개를 돌렸다. 어쩌면 아빠가 말한 것처럼 엄마를 이용하고 있는지도 모른다. 하지만 적당한 거짓말은 오히려 엄마가 원하는 것이 아닐까? 못난 자식을 직면하는 것만큼 괴로운 일은 없을 테니까.

박성원과 한판 붙었을 때도 엄마는 담임 앞에서 당당하게 말했다.

"우리 아들은 제가 잘 압니다. 먼저 쳤을 리가 없어요. 강민이는 신사거든요."

엄마는 물러서지 않을 기세였다.

"성원이라는 애가 먼저 치도록 유도했을 거예요. 먼저 치는 것보다 더 비겁한 행동이죠."

강민은 엄마가 생각하고 싶은 대로 놔두었다. 결론적으로 자신도 좋고 엄마도 좋다. 그러면 됐지 않은가? 선생들도 제 자식을 적극적으로 감싸고도는 부모들에게는 강압적으로 굴지 못한다. 학부형과의 힘겨루기에서 한 수 물리고 들어가면 대개는 질 수밖에 없다. 하지만 담임은 쉽게 밀리지 않았다.

"성원이란 애 엄마는 왜 안 보이는 거죠?"

"부르지 않았습니다."

당연하다는 투였다.

"말이 안 통하네요."

그런 말을 듣고도 엄마는 동요하는 빛을 보이지 않았다.

강민은 엄마가 자신을 어디까지 믿는지 궁금하다.

"그만 쉬고 싶어요."

지쳐 보이는 얼굴을 했다. 엄마는 어깨에 손을 올리고는 몇 번 톡톡 치더니 밖으로 나갔다.

음악을 틀었다. 'Across the nation' 요즘 반복 재생해서 듣고 있는 프로레슬링 테마곡이다.

Now get the guns, the drugs, from my generation

나와 같은 세대들아! 총을 들고 마약을 해라

I'll take the fall, the saints, across the nation

난 국경을 초월한 타락과 성스러움을 갖겠다

And it's the sex, the gods, the freaks, the frauds

그것은 섹스, 신, 일탈, 사기지

They're messin' with me

그것들이 나와 놀아나고 있다

Come on, come on, come on

자, 자, 자

Let's get it on

시작해 보자

강민은 레슬러들이 경기장 밖에서 그러는 것처럼 방바닥에 침을 퉤, 뱉었다.

5

"혜진이는 주일만 되면 어김없이 엄마를 휠체어에 태우고 교회에 오네. 세상이 불공평하지만은 않아. 그런 딸을 두었으니 장애인이어도 사는 희망이 있는 거지."

엄마는 곧잘 윤혜진 얘기를 한다. 내용은 비슷하다. 혜진이야말로 십 대들이 막 나가는 이때 눈을 씻고 찾아봐야 찾을 수 없는 대단히 훌륭한 학생이요, 효녀라는 것이다. 성원은 그런 얘기를 들을 때마다 공부건, 운동이건, 뭐건 가릴 것 없이 평범한 자신이 막 나가는 십 대가 된 것처럼 반항을 하고 싶어진다. 아니, 하고 싶었다. 지금은 혜진이 얘기를 듣는 것이 아무렇지도 않다. 누군가는 혜진을 걱정하고 좋아하고 있다는 사실이 기분 좋기도 하다.

한동네에 사는 혜진과는 초등학교 4학년 때도 같은 반이었다. 혜진의 부모님이 교통사고를 당한 게 그때였다. 담임은 이런 말을 했다.

"교통사고였어. 두 분이서 여행을 다녀오는 길이었다는데, 아버지는 돌아가셨고 어머니는 장애인이 되셨단다. 혜진이는 다른 형제가 없어서 더 슬플 거야. 너희가 모두 친절하게 대해 주어야 한다. 혹시라도 비겁하게 놀린다거나 이상한 소리가 들리면 선생님이 혼내 줄 거야."

혜진은 눈에 띄지 않는 애였다. 성원은 혜진의 부모님이 사고를 당했다는 것보다 사람이 죽을 수도 있다는 사실이 더 충격적이었다. 반 아이들은 모두 담임이 말한 것처럼 잘해 주겠다고 다짐을 하며 혜진이 다시 학교에 오는 날을 손꼽아 기다렸다. 혜진과 제일 친한 친구가 되겠다고 얘기하던 아이들도 있었다. 성원은 혜진이가 울 때만 잘해 주겠다고 생각했다. 남자애들이 혜진을 괴롭히면 혼내 주는 상상도 했다. 하지만 할 일은 아무것도 없었다. 학교로 돌아온 혜진의 얼굴에는 그늘 한 점 없었다. 바닷가에서 실컷 놀다가 온 아이처럼 들뜨고 밝은 모습이었다. 성원은 자신이 느끼는 것을 친구들에게 이야기하지 못했다. 반 아이들 모두 혜진을 둘러싸고 위로해 주느라 정신이 없었다.

"명랑하게 구니까 더 가슴이 아파."

분명히 아이들은 그렇게 말하며 너도나도 혜진과 놀고 싶어 했다. 존재감이 전혀 없던 혜진은 남자애들끼리 달마다 하는 인기투표에서도 늘 1위였다. 시샘하는 여자애들은 전혀 없었다. 공부도 잘하고 얼굴도 예쁘고 거기다가 슬픈 일을 당하고도 씩씩한 혜진이 인기가 높은 것은 당연하다고들 했다. 성원은 까만 단발머리에 하얀 리본을 꽂고 화사하게 웃고 있는 혜진이 낯설었다. 하지만 반 아이들 모두에게 사랑을 받던 혜진을 자신도 좋아했던 것 같다.

4학년 때 같은 반이었던 애들은 혜진을 어떻게 기억하고 있을까?

오늘도 혜진의 목은 텅 비어 있었다. 혜진이 고집 피우는 이유를 알 수가 없다. 목띠가 얼마나 비싸다고, 그냥 하나 사서 매면 되지 않을까? 저 무언의 시위는 무엇인가? 어쩌면 나은영이 말하는 것처럼 마조히스트일지 모른다는 생각도 든다.

"괴롭힘 당하는 걸 즐기는 거야. 비극의 여주인공처럼. 아니면 십자가에 못 박혀 죽은 예수처럼. 불쌍한 희생자의 얼굴을 하고 말이야. 가관이지."

아무도 그 말에 반박하지 않았다. 강민을 조종하는 것이 나은영이라는 사실을 모두들 알고 있으면서 말이다. 여자들이 더 비겁하다. 남자애들이야 혜진을 감싸는 게 쉽지 않다. 누가 누구를 좋아한대요, 하는 꼬리표가 붙으면 떼기 어렵다. 정말 좋아하지 않고서야 누가 그런 위험을 감수하며 정의감을 발휘하겠는가. 더군다나 다른 애도 아니고 왕따를 당하는 혜진이다. 성원이 할 수 있는 일이란 고작 인상을 쓰는 것뿐이다. 그것도 아무도 보지 않을 때.

엄마는 혜진이를 입에 올릴 때면 생기까지 띤다. 오늘은 아빠까지 덩달아 신이 나 있다. 성원이 혜진이와 다시 같은 반이 됐을 때 부모님은 대단한 인연이라며 좋아했다. 엄마 아빠는 초등학교 동창으로 6년 동안 무려 다섯 번이나 같은 반이 되자 인연을 운명으로 받아들였다고 한다. "그때는 반이 10개나 됐지." 하는 말도 빼놓지 않는다.

"초등학교 때부터 사귄 거야?"

"아니, 같은 반인 건 어른이 돼서 알았지."

"에이, 그게 뭐야."

성원은 부모님이 결혼을 했기 때문에 아무것도 아닌 게 인연이 된 거라고 생각한다. 사랑하는 사람들은 쉽게 공통점을 찾고 미워하는 사람들은 어떻게 해서건 차이점만 찾는다.

"혜진이야말로 세상의 희망이지."

"대통령 표창감이야."

"그렇게 싹수가 있는 애들은 커서도 반듯해요."

"그런 애가 우리 며느리였으면!"

대화의 끝은 대개 이렇다. 성원은 아무렇지도 않은 것처럼 보이려 해도 결국 얼굴이 확 달아오른다. 부모님의 살아 있는 장난감, 누나는 그렇게 놀리곤 한다.

"속마음이 그대로 나타나는 것도 병이다, 병. 완전 자동판매기야. 버튼만 누르면 온갖 표정을 다 볼 수 있다니까. 물론 기본 바탕은 빨간색이지. 엄마 아빠는 심심하지는 않겠어. 너 놀리는 재미로."

하지만 걸핏 하면 토라져서 방에 틀어박히는 누나보다야 백 배는 효자다. 물론 효자 노릇을 하려는 건 아니지만 말이다.

"요 녀석, 춘기. 얼굴 또 빨개졌네."

"사춘기 아니야."

"어머, 우리 성원이가 혜진이를 좋아한대?"

엄마는 한 술 더 뜬다. 엄마 아빠는 저렇게 말을 잘하는데 자신은 왜 만날 우물쭈물인지 모르겠다.

"혜진이는 인기도 많지?"

엄마는 계속 이야기를 할 셈이다. 오랜만에 가족이 함께 모여서 남 얘기만 하고 있다. 성원은 차라리 레슬링이라도 한 판 보면 좋겠다는 생각을 했다.

"인사하는 게 싹싹하니 성격도 끝내줄 거야."

아빠가 잘 쓰는 말이다. 음식 맛이 어떠냐고 물어볼 때도, 머리 모양이 어떠냐고 물어볼 때도 대답은 늘 같다. 끝내줘.

"끝내주게 이상해."

아빠를 따라 대답하고는 아차, 싶었다. 부모님이 이것저것 물어보면 골치 아파진다.

"이상해? 너처럼 이상한 애가 보니까 이상해 보이는 거겠지."

"그래 맞아."

성원은 엄마에게 얼른 대꾸했다.

"뭔가 있는데?"

"있기는 뭐가 있어! 그렇게 마음에 들면 입양하던가."

"입양하면 며느리로 못 들이잖아."

아빠는 껄껄 웃는다.

"그런 소리 농담이라도 하는 거 아니야."

엄마는 정색을 했다.

"보상금도 못 받고 나라에서 나오는 돈으로 겨우겨우 입에 풀칠이나 하는데, 마지막 남은 희망을 뺏으면 살고 싶지 않을 거야."

"혜진이가 빨리 커야 할 텐데."

아빠는 한숨이다.

"왜? 빨리 며느리로 들이게?"

엄마 아빠는 또 마주 보며 웃는다. 오늘은 부모님 기분이 좋은가 보다. 지치지도 않고 놀린다. 성원은 이쯤에서 장난감은 퇴장해 주어야겠다고 생각했다. 과도한 스트레스로 인해 건전지가 다 닳아 사용 불가능이 될 것 같은 상태다. 과일을 입안에 잔뜩 넣고 일어섰다.

"어디 가?"

손가락으로 제 방을 가리켰다.

"기특한 것. 공부 열심히 해."

아빠는 기어코 한마디를 덧붙였다.

"그래야 혜진이 같은 애랑 연애라도 한번 해."

부모님이 생각하는 혜진이와 학교에서 보는 혜진이는 너무 다르다. 혜진이가 반에서 어떤 일을 겪고 있는지 알면 부모님은 뭐라고 하실까? 뉴스에서 간혹 왕따에 관한 기사가 나오면 엄마 아빠는 혀를 차며 말을 주고받는다.

"우리 때는 왕따라는 게 없었는데 말이야. 요즘 애들은 왜 저런대?"

"왜 우리 때도 있었지."

"그랬나? 하긴 좀 모자라는 애들이 괴롭힘을 당하기는 했지."

"왕따시키는 애들도 문제지만 당하는 애들도 문제가 있어."

사실은 문제가 많은 애구나, 하면서 혜진에 대한 생각을 바꾸실까?

성원은 가해자 편에 선 적도 피해자가 된 적도 없다. 하지만 왕으로 따돌린다는 뜻의 왕따라는 말은 이미 왕따가 아니다. 아빠가 말하는 것처럼 좀 모자란 듯한 애가 놀림을 당하거나 맞기도 했지, 와는 차원이 다른 왕따가 진행되고 있다.

혜진이가 어떤 애인지 안다면 반 아이들의 태도는 바뀔까? 아니다. 혜진이 사랑받는 이유들은 왕따를 시키는 이유로 둔갑할 것이다. 혜진은 다른 이유로 존재감이 큰 아이가 되어 버렸다. 같은 혜진이다. 어떤 것이 진실인가? 상황에 따라 바뀐다면 그것이 과연 진실일까?

6

성원이 막 자기 방으로 들어왔을 때 책상 위에 놓아둔 핸드폰에서 카카오톡 알림음이 울렸다. 별생각 없이 버튼을 터치했다.

경매! 미친 예수의 목띠

글씨 밑으로 다채로운 사진들이 올라와 있었다. 하얀 진주는 빨간 루비로 바뀌어 있고 파란 띠는 가위로 잘게 잘라져 너덜너덜하다. '목띠도 미쳤다'가 사진 제목. 그 아래로 혜진의 합성 사진이 줄줄이 이어져 있다. 대각선으로 늘어난 기괴한 얼굴부터 개, 닭, 오랑우탄 등 각종 동물의 머리는 인상을 쓰고 있는 혜진의 얼굴이다. 각각의 사진들에 아이들은 열렬한 반응을 보이고 있었다. 성원은 스크롤을 내리며 접속한 아이들을 살펴보았다. 반 카카오톡이 아니었다. 전교생을 대상으로 한 카톡방이었다.

'미친 예수의 목을 저 목띠로 졸라 주자.'라는 말에 '네 목부터 졸라라.'라는 말을 썼다가 지웠다.

두려운가?

가슴 저 밑바닥에서 목소리가 올라온다.

그냥 귀찮은 거야. 되돌리기에는 너무 늦었어. 하지만 난 단 한 번도 즐긴 적이 없어. 강민을 때려 주기까지 했지.

목소리가 빈정거린다.

그건, 아니지. 말은 바로 하라고. 너 자신을 보호하기 위해서 강민을 친 것뿐이잖아.

그래도 혜진이를 떠올리면서 더 세게 쳤어.

성원은 목소리를 듣지 않기 위해 이어폰을 꽂았다. 프로레슬링 테마곡, 'Across the nation'을 듣고 있으면 아무런 생각도 나지 않는다.

Forget the lies, the money, we're in this together

거짓과 돈을 잊어라, 우리는 이 안에 함께 있다

And through it all, they said nothing's forever

그 모두들 통해, 아무것도 영원하지 않다고 그들은 말했다

Move to the music

음악에 맞춰 움직여라

성원은 레슬링을 볼 때마다 드라마를 보는 기분이다. 레슬러들은 마치 영화처럼 자신에게 주어진 대사를 하고 액션을 취한다. 인기를 끄는

선수들은 아주 착하거나 아주 못되거나 둘 중 하나다. 결국 선과 악의 대결이다. 선한 사람은 갈채를 받고 악한 사람은 비난을 받는다. 그런데 얼마 전까지 악인으로 미움을 받던 자니스트로가 최근에는 착한 사람으로 바뀌었다. 드라큘라 복장으로 등장하던 자니스트로는 상대 선수에게 몰리면 비굴하게 두 손을 싹싹 빌며 시간을 벌다가 느닷없이 발길질을 하는 것으로 유명하다. 심판이 보지 않을 때 상대 선수의 귀를 물어뜯은 적도 있다. 성원은 경기에서 진 자니스트로가 사나이인양 축하의 악수를 청하는 시늉을 하면서 챔피언의 얼굴에 검은 물을 뿜는 것도 보았다.

그런데 악인 중의 악인, 자니스트로가 요즘에는 배트맨 분장을 하고 나타난다. 반칙은커녕 두들겨 맞는 횟수가 훨씬 더 많다. 착한 역할을 하는 레슬러가 그렇듯 체력으로 버티다가 기술로 이긴다. 성원은 자신이 보지 못한 경기에서 자니스트로가 변할 만한 일이 벌어진 거라고 생각했다. 아무리 시나리오가 있다고 해도 운동 경기는 운동 경기다. 완전 쇼여서는 안 된다. 느닷없이 역할이 바뀌어 버린 거라면 우롱당한 기분일 것 같다.

그런데 쇼 같은 일이 현실에서도 벌어졌다.

성원은 강민이 반에서 중심이 되어 가는 것을 보면 예전의 강민은 거짓말 같다. 초등학교를 졸업할 때까지만 해도 작달막한 키에 뚱뚱했던 애가, 성장 기계라는 것이 있다면 그곳에 들어갔다 나온 것처럼 키도 많이 크고 군살도 없어진 것이다. 학기 초, 강민은 성원의 생각을 들여다보고 있는 것처럼 경계하는 빛이 역력했다. 성원은 강민과 잘 지내고 싶었다. 딱히 친구가 되고 싶은 생각은 없었지만 강민 같은 애와 신경전을 할 필요는 없다. 그래서 한 소리였다.

"너 많이 컸다."

순간, 강민의 눈에 빛이 튀었다. 강민은 느닷없이 성원의 어깨를 떠다 밀었다. 성원은 엉덩방아를 찧으며 주저앉았다.

"한 번만 더 그런 소리 하면 죽을 줄 알아!"

강민의 얼굴에 떠오른 낯익은 빈정거림.

잊었던 기억 하나가 빠르게 지나갔다. 학교 뒷골목, 불량스럽게 보이는 형들이 남자애 하나를 벽에 밀어붙이고 주먹질을 하고 있다.

"쟤, 강민 아니야?"

함께 하교하던 친구 하나가 말했다.

"맞다, 난쟁이 똥자루."

쳐다보지 말아야지, 쳐다보지 말아야지.

성원이 그런 생각을 했던 건 난쟁이 강민 때문이 아니었다. 형들을 자극할까 두려웠다. 하지만 결국 곁눈질로 보고야 말았다. 일그러진 얼굴로 이쪽을 바라보던 강민의 굴욕적인 모습. 그리고 너희들도 같은 놈들이야, 하는 비난의 시선.

"왜 그래?"

"까불면 밟아 버린다."

아이들이 내려다보고 있다. 성원은 일어섰다.

"왜 그러는 거야?"

성원은 다시 한 번 물었다.

강민은 물론이요, 자신도 그때의 일을 입에 올리지는 못할 것이다. 다음 날 아침, 교장 선생님은 강민의 엄마를 앞세워 목격자를 찾았다. 당연히 나서는 사람은 아무도 없었다.

강민은 자신이 그때의 일을 기억하고 있다고 믿는 것일까?

그렇다면 더욱 곤란하다.

성원은 아이들의 시선을 의식하며 강민의 가슴팍을 한 대 쳤다. 밀리면 안 된다. 여기서 한 대 맞는 것이 나중에 백 대 맞는 것보다 낫다. 혜진이도 처음에 대응을 잘 했다면 계속 당하지는 않았을 것이다. 적당히 져 주자. 성원은 그런 생각을 했다. 이기지는 않되—그러면 다시 싸움을 걸어올 것이 분명하니까—만만하게 보여서는 안 된다. 사실 성원은 강민을 이길 만큼 주먹이 세지도 않다. 코피가 터지는 것으로, 담임이 달려오는 것으로, 강민의 어머니가 학교에 불려 오는 것으로 싸움은 일단락 됐다. 강민은 반 애들에게 주먹을 자랑하는 것으로, 성원은 반에서 주먹이 가장 센 강민에게 지지 않고 대든 것으로, 서로가 겨우 자존심을 추스르며 끝난 일이었다.

7

준서는 카톡방에 들어가 혜진의 목띠가 어떤 몰골을 하고 있는지 보았다.

경매 시작은 지우개 가루입니다. 물론 시커매야겠죠. ^^

당첨자는 아무도 없었다. 피를 빨아먹고 죽은 모기의 시체와 길거리에 굴러다니는 개똥의 가치를 놓고 의견이 분분하던 대화는 강민의 '세계 평화를 위해 주인에게 돌려주자.'는 의견으로 맺음을 하고 있다. 준서는 주인에게 돌려주는 역할을 해야 하는 사람이 자신임에 한숨이 절로 났다.

다음 날, 강민은 준서에게 목띠를 내밀었다.

"갖다 줘. 세계 평화는 지켜야지."

느물거리는 웃음. 준서는 얼굴이 굳어졌다.

"뭐해?"

옆에 앉은 은영이 싱글거리며 재촉한다. 염색을 했는지 유난히 까만 머리카락이 어깨에서 찰랑거린다.

"내 작품이야. 끝내주지?"

이쯤에서 한마디 대꾸하며 웃어 주어야 할 텐데, 아무런 생각이 나지 않는다.

"훨씬 멋있지 않냐? 내가 좀 감각이 있잖아."

그 소리에 둘러앉은 아이들이 깔깔대며 웃는다.

"왜? 마음에 안 들어?"

은영이 눈을 치뜬다. 대답할 말을 찾아야 한다. 준서는 뱃속에서 벌레들이 꼬물거리는 것 같다. 처음부터 혜진을 괴롭힐 생각이 있었던 것은 아니었다. 순전히 강민과 친해지기 위해서였다. 하지만 이제는 제일 앞장서서 괴롭히는 꼴이다.

"너 혹시 미친 예수 마음에 있는 거 아니야?"

은영이 의심의 눈초리로 묻는다.

"미쳤냐!"

준서는 바로 맞받아쳤다.

"하긴, 미친 예수 좋아하는 남자가 누가 있겠어. 미치지 않고서야."

준서는 목띠를 받아들고 걸음을 옮겼다.

미친 예수 아니, 혜진이가 어때서?

불쑥 든 생각을 떼어 버리려는 듯 머리를 흔들었다.

말해 봐. 혜진이가 왜 이런 대접을 받아야 하는데?

아무리 머리를 흔들어도 생각은 꼭 달라붙어 대답을 들을 심사다. 그래, 대답해 주마.

준서는 생각에게 말했다.

정말 미쳤다면 공부를 잘할 리 없다. 생긴 것도 그만하면 예쁘다. 사회 선생도 중간고사에서 유일하게 만점을 받은 혜진에게 미인형이라고 했다. 예수님한테 집착하는 거야 개성이고, 가끔 어려운 말을 쓰는 게 이상하기는 하지만 유식해서 그런 걸 어떻게 하겠어.

"농구하러 안 갈 거야?"

강민이다.

준서는 생각에게 대답했다.

이유는 강민이야.

준서는 이제 머릿속으로 농구 생각만 했다. 얼른 돌려주고 운동장으로 나가자. 점심시간이 많이 남지 않았다.

"야, 목에 꼭 붙여 줘라."

은영이 소리친다. 준서는 어쩌면 혜진을 싫어하는 건 강민이 아니라 은영일지도 모른다는 생각을 했다. 혜진이 수업 시간에 책을 읽을 때면 뒷자리에 앉은 은영이 곧잘 안 들린다는 소리를 한다. 진짜 목소리가 작은 애들이 책을 읽을 때도 뭐라고 하지 않으면서 말이다. 혜진이가 발표를 할 때면 아이들과 떠들거나 들릴 듯 말 듯한 목소리로 "잘난 척은 되게 하네." 말하는 것도 은영이다. 그러고 보니 은영이는 고의적으로 혜진의 어깨를 치고 지나가기도 한다. 준서는 어쩌면 강민이 은영이를 좋아하는 게 아닐까, 그래서 대신 괴롭혀 주고 있는 게 아닐까 하는 생각이 들었다. 그리고 지금 강민을 대신해서 혜진이를 괴롭히고 있는 것은 바로 자신이다.

"자."

준서는 책이 펼쳐진 책상 위로 목띠를 던졌다. 혜진이 원망에 가득 찬 눈으로 준서를 쳐다보더니 벌떡 일어서서 목띠를 던진다. 목띠는 준서의 얼굴을 맞고 떨어졌다.

아이들의 야유 소리.

"성질 미친 거 나온다."

"저런 건 밟아 버려야 되는데."

"김준서, 한판 붙어!"

준서는 바닥에 떨어진 목띠를 주우려 천천히 허리를 굽혔다.

언제부터 일이 이렇게 꼬였지? 강민이 혜진의 교과서를 뺏어 국어를 북어로 바꾸는 것을 보고 웃지 말았어야 했나? 다리에 걸려 넘어진 혜진의 치맛자락이 엉덩이까지 올라간 걸 보고도 못 본 체했어야 했나? 적어도 강민이 혜진의 실내화에 빨간 매직펜으로 미친 예수라고 적을 때 주위에서 얼쩡거리며 키득거리지만 않았어도 좋았을 것이다.

준서는 아이들의 시선을 강하게 느꼈다. 기대에 부응하지 못하면 지금까지 쌓아 온 우정이 무너질 수 있다. 우정? 그런 게 있었나? 밥을 같이 먹고 운동을 함께하는 것이 우정인가? 준서는 생각했다. 우정이 아니어도 좋다고. 강민하고 노는 것은 확실히 재미가 있다. 혜진이야 미친 예수로 통한다. 다른 아이들은 직접적으로 못된 짓은 하지 않지만 강민이 하는 짓에 대해 뭐라고 하지도 않는다. 아니, 지금 강민의 역할을 하고 있는 자신을 보며 즐거워한다.

준서는 혜진이 그랬던 것처럼 목띠를 얼굴에 던졌다. 목띠는 다시 바닥에 떨어졌다. 이 정도면 됐겠지. 준서는 아이들에게 가려고 몸을 돌렸다.

"꼬붕 새끼."

분명히 혜진의 목소리다. 특유의 책을 읽는 듯한 목소리. 준서는 못들은 체했다. 강민이 농구공을 무릎으로 통통 튕기며 빨리 나가자고 재촉을 하고 있다. 준서는 저보다 머리 하나씩은 큰 애들 뒤를 따라 운동장으로 나갔다. 저런 애들 틈에서 공이라도 한번 만져 보려면 최대한 몸을 많이 놀려야 한다. 준서는 이리 뛰고 저리 뛰면서 몸싸움을 했다. 이 순간만큼은 자신도 강민과 같다. 링 위에서 한편이다. 강민이 준서에게 공을 패스해 주었다. 이 모습을 혜진이가 봐야 하는 건대. 그러면 꼬붕이라는 말을 하지 않을 텐데, 그런 생각을 하며 바닥에 공을 세게 튕겼다. 커다란 농구공은 준서의 작은 손바닥을 빗맞고 튕겨 나갔다. 강민이 재빨리 다가와 공을 잡고 골대에 넣었다. 역시 공은 골대에 넣어야 맛이다. 준서는 민첩하기는 하지만 키에서 밀린다. 자신처럼 앞자리에 앉은 아이들이 점심시간에 운동장에 나오지 않는 이유도 숨을 헐떡거리며 뛰어 봤자 한 골 넣는 것이 어렵기 때문이다. 그런 애들과 어울려 다니면 기껏 PC방에나 드나들 일이 있을 뿐이다.

점심시간을 5분 남기고 수돗가로 갔다. 준서는 강민에게 다가가 말했다.

"네 덕분에 이겼어. 대단해."

강민은 픽, 웃더니 물을 틀고 세수를 한다. 두꺼운 팔뚝에는 힘줄도 툭툭 튀어나와 있다.

"어떻게 하면 운동을 그렇게 잘할 수 있는 거냐?"

"닥치고, 가서 음료수나 좀 사오던지."

"알았어."

준서는 재빨리 매점으로 뛰어갔다. 수업 시간에 늦지 않으려면 서둘러야 한다. 달릴 때마다 머리카락에 매달린 땀이 똑똑 떨어졌다.

꼬붕 새끼!

혜진의 목소리가 귀에 척 매달려 쫓아온다.

8

준서는 다시 한 번 분명하게 말했다.

"농구요."

엄마는 벌레 씹은 얼굴이다.

"과외를 하나 더 시켜 달래도 돈 때문에 걱정인데, 노는 데 돈을 쓰겠다는 거야!"

"시켜 주세요."

최대한 공손하게, 준서는 존댓말까지 쓰면서 엄마 눈치를 보았다.

"언제 정신을 차릴 거야? 네 성적이 어떤 줄이나 알아? 38명 중에 35등이야, 35등."

"수학만 그래."

준서는 바로 대답했다.

"웃기고 있네. 다른 성적도 말해 줘? 아, 당신도 뭐라고 말 좀 해 봐."

"시켜 줘."

"뭐라고? 아니, 이 두 남자가 대체 왜 이래?"

아빠는 냉장고에서 맥주를 꺼내 벌컥벌컥 들이킨다.

"술까지 먹고 뭐하는 거야?"

"시켜 주라고. 사내 녀석이 운동은 기본으로 해야지."

"운동이 밥 먹여 줘? 밥 먹여 주냐고?"

"그럼 공부가 밥 먹여 줘?"

준서는 엄마 아빠가 공부를 잘하지 못했다는 것쯤은 눈치로 알고 있었다. 고등학교만 졸업하신 두 분은 늘 가정 형편 때문이라고 말하지만 그거야 부모님들이 흔히 쓰는 수법 아닌가. 아빠가 처음으로 정직하게 실토를 하고 있다. 준서는 웃음이 나오려는 것을 억지로 참았다. 심각한 얼굴을 하고 있어야 결심이 얼마나 강한지 보여 줄 수 있다.

물론 공부도 잘하고 싶다. 영어나 국어는 무작정 외운다. 하지만 수학은 정말 어렵다. 문제 자체가 이해되지 않는다. 주사위를 동시에 던질 때 나온 눈의 차가 3이거나 4인 경우의 수를 구하라. 뭘 구하라는 소리인지 알 수가 없다. 머릿속이 하얘지면서 반발심까지 생긴다. 왜 그런 짓을 하고 있는가? 살면서 주사위를 두 개 던질 일이 한 번이라도 있겠는가? 눈이 올 확률을 구하라는 것도 그렇다. 일기예보가 있는데 왜 확률을 구하는가? 수학 문제는 사고력을 키운다고 한다. 그러나 준서는 문제를 대할 때마다 절망감만 깊어진다. 부모님도 잘 알고 있다. 공부로는 기대할 게 없는 자식이라는 것을. 그러면서도 엄마는 지치지도 않고 상처를 받는다.

맥주 한 캔을 다 비운 아빠가 스트라이크를 날렸다.

"솔직하게 말해서 당신이나 나나 공부를 잘했던 것도 아니잖아."

그 말이 오히려 엄마의 가슴에 불을 지폈다.

"천재는 평범한 부모 밑에서 나올 확률이 크다는 소리도 못 들었어? 왜 부모 탓이야?"

"내가 언제 탓했어?"

준서는 자신에게 불똥이 튈까 봐 서둘러 대답했다.

"씨가 어디 가?"

"당신 오늘 왜 이래?"

엄마는 이마에 맺힌 끈적끈적한 땀을 때리듯이 닦아 내며 소리쳤다.

"농구하면 키 큰다잖아."

아빠는 자조적인 목소리다.

"얘 키가 어때서? 검사 결과도 정상이라고 나왔는데."

준서가 엄마를 졸라서 한 검사였다. 준서 딴에는 키 크는 약이라도 먹어 볼 작정이었는데 결과는 정상. 요즘 아이들이 비정상이라는 게 의사의 말이었다.

"크고 싶다잖아. 또, 크면 좋지."

아빠는 그 말을 하고는 방으로 쏙 들어갔다.

"남자들은 진짜 웃겨. 키 큰 게 뭐 대수라고. 난 한 번도 키 큰 남자 좋아해 본 적 없네."

엄마는 아직도 호흡 곤란이다. 툭 튀어나온 배가 오르락내리락한다.

"너, 엄마가 생각은 해 보는데, 일단 포기하는 게 좋을 거야."

준서는 고개를 끄덕하고는 "아빠, 부탁해!" 소리치고 얼른 방으로 들어왔다. 준서는 아빠의 키가 다른 아빠들에 비해 작다는 것을 알고 있다. 그것에 불만은 없다. 아빠는 아빠니까.

"아빠는 언제까지 키가 컸어?"

"중3 때까지."

그 소리 때문이다. 이제 얼마 남지 않았다. 더 늦기 전에 커야 한다. 외국의 레슬러들처럼 2미터까지는 클 수 없어도 최소한 1미터 80센티미터는 되고 싶다. 근육도 키우고 싶다. 수학 시험에서 백점을 맞은 사람은 1센티미터씩 큰다는 법이라도 있으면 매일 밤을 세워 가며 공부도 했을 것이다.

농구를 배워야 하는 더 절박한 이유는 코앞에 다가온 체육 대회 때문이다. 준서는 강민이 은근히 자신을 무시하고 있다는 걸 안다. 강민과 같이 어울리는 애들은 분명히 다들 농구 선수로 뽑힐 것이다. 거기서 자기만 빠진다고 생각하면 정말 끔찍하다. 이번 기회에 확실하게 보여 주면 미친 예수를 괴롭히라고 시키거나 심부름을 시키지 않을지도 모른다. 결국에는 힘이다. 힘을 보여 주어야만 꼬붕 소리도 듣지 않는다.

준서는 수건을 목에 걸치고 몰래 집을 빠져나왔다. 공원으로 갈 생각이다. 레슬러가 되기 위해서 체력은 기본이다. 꿈이라는 건 가능성이 있어야 한다고들 말한다. 하지만 상관없다. 사각의 링 위에서 상대의 목을 조른 후 다른 손으로는 허리를 잡고 들어서 바닥에 던져 버리는 초크슬램, 상대의 허리를 꺾은 후 겨드랑이에 두 팔을 넣어 들었다가 내리

꽂아 버리는 페디그리. 그런 기술을 부리는 상상을 하면 가슴이 뻥 뚫린다. 꿈도 꾸지 않으면서 상상만 하는 건 실감이 나지 않는다. 상상은 꿈꾸는 사람에게 주어지는 연료다. 준서는 근육이 울퉁불퉁하고 거인 같은 자신이 관중들의 뜨거운 환호를 받으며 링 위에 오르는 모습을 떠올렸다. 귀에서는 'Across the nation'이 빵빵 울린다. 알 수 없다. 당장에 키가 훌쩍 커 버릴지. 마술 같은 그런 일이 자신에게는 일어날 것만 같다. 아니, 서서히 일어나고 있는데 느끼지 못하는지도 모른다.

준서는 흙먼지를 일으키며, 뛰고 또 뛰었다.

9

“지금 자수하면 용서해 줄 수 있어.”

강민은 한쪽 눈썹을 치켜올리며 의아하다는 표정을 지었다.

“지금 말하면 장난이지만 내일부터는 범죄가 되는 거야. 순간적인 감정으로 했다고 생각한다. 좀 지나치지만 말이야. 할 말 있으면 해 봐.”

“왜 꼭 우리 중에 범인이 있다고 생각하는 거예요?”

“다른 반 애들이 했을 수도 있잖아요.”

“그건…….”

김현주 선생은 말을 삼켰다.

분실된 카드는 신고했다. 현금이야 고작 며칠 용돈 정도다. 문제는 일기장을 겸하고 있는 다이어리가 누군가로부터 처참하게 헤집어진 흔적이다. 빨간색 사인펜은 종이 위를 종횡무진 춤을 추며 기하학적인 모형을 그리고 있었다. 그녀는 종이가 찢어질 정도로 힘이 들어간 선들이 품은 깊은 적의에 소름이 돋았다.

하지만 말할 수 없다. 학원 안에 있는 서랍이라는 서랍이 모두 잠겨 버린 상태에서 이런 이야기를 한다면 원장은 오히려 모든 책임을 자신에게 돌릴 게 뻔하다. 선생님 학생이 분명하네요. 선생님을 가장 미워하는 학생이 누구죠? 그렇게 추궁하며 노골적으로 무시하겠지. 학벌을 들먹이며 말이다. 그리고 기회를 봐서 월급을 깎을 것이다. 김현주 선생은 서둘러 가방을 닫고 얼굴을 수습했다. 강민의 얼굴이 빠르게 스쳐갔다. 다이어리에 꼼꼼하게 적은 애인과의 데이트 횟수, 심심찮게 적어 놓은 원장에 대한 욕도 봤을까?

"꼭 그렇다는 게 아니라……."

"기분 더럽다."

"뭐야, 완전 도둑놈 취급이잖아."

"사람 불러서 열면 안 돼요? 비싸서 그래요?"

아이들은 모두 불쾌한 표정이다.

강의실 문이 열렸다. 원장이다.

"지금부터 한 명씩 면담할 거야. 자, 너부터 원장실로 와."

강민은 원장이 이상한 생기를 띠고 있는 것을 보았다. 그녀는 짐짓 심각한 척, 괴로운 척 말하고 있지만 왠지 즐기고 있는 것 같다.

"수업은요?"

"우리 학원은 실력을 올리는 것도 중요하게 생각하지만 인성 교육도 아주 중요하게 생각한단다. 오늘 수업 못한 건 선생님이 보충이라도 해주시지 않겠니. 그렇죠, 선생님?"

"네."

"그럼 선생님은 계속 수업하시죠."

"수업 끝나고 하면 안 돼요?"

"들락날락하면 공부 안 되는데."

강민은 창밖을 내다보는 척하면서 웃었다. 선생들만 심각하다. 애들은 전혀 관심이 없다. 어디 재미있는 일이 없나 눈알을 굴리던 녀석들도 시큰둥하니 짜증스러운 얼굴이다. 강민은 김현주 선생이 의도적으로 자신의 눈을 피하고 있는 것을 느꼈다.

"경우를 수를 구해 보자."

선생은 칠판에 문제를 쓰기 시작했다.

"남학생 두 명과 여학생 한 명을 대표로 뽑을 수 있는 경우의 수는 어떻게 되지?"

"여러 가지."

"강민, 이런 분위기에서 헛소리하고 싶니?"

"그럼, 가지가지."

"오늘은 하지 말자."

강민은 문제집을 가방에 넣으며 일어섰다.

"지금 뭐하는 거야?"

선생이 당황해서 묻는다.

"하지 말자면서요?"

"너 정말 끝까지……."

"왜요? 끝까지 선생님의 가슴에 불을 질러요?"

강민은 정확하게 김현주 선생의 가슴을 쳐다보며 말했다. 선생이 이성을 잃은 모습을 보고 싶다. 제대로 대응도 못 하면서 너그러운 척 한 발 물러서는 모습이 한편으로 불쌍하게 느껴졌던 것도 이제 그만이다. 강민은 아빠의 주먹이 머리를 내리치던 순간의 감정이 되살아났다. 두 다리만 무릎 꿇렸던 것이 아니다. 영혼이 바닥에 뒹굴며 비굴하게 두 손을 싹싹 빌고 있었다.

원장에게 불려 갔다가 되돌아온 아이들은 뺨이라도 맞은 표정들이다. 강민도 원장실에 들어갔다. 이 여자는 똑같은 얘기를 몇 번이나 되풀이하고 있는 걸까? 강민은 원장의 눈빛에서 처음과 같은 묘한 생기를 느끼면서 자리에 앉았다.

"완전히 엿 먹으라는 거야."

강민은 엿! 이라는 소리에 놀랐다. 김현주 선생이 이런 말을 썼으면 가만히 있지 않았을 것이다.

"누가 했을 거라고 생각하니?"

은근하게 묻는다.

"설마, 너니?"

어이가 없다. 빙고, 라고 대답이라도 해 주어야 하나? 강민은 순진한 얼굴을 지어 보이며 말했다.

"열쇠가 없으신 거예요?"

"열쇠! 열쇠는 다 서랍 속에 있었지."

"그럼 어떻게 된 거예요?"

강민은 아무것도 모르는 체하며 물었다.

"서랍 속에 있는 열쇠로 문을 잠그고 열쇠는 가져가 버린 거지. 서랍만 총 서른 개야. 온갖 중요한 서류들이 다 들어 있는데 말이야."

원장은 마치 범죄를 공모하는 것처럼 목소리를 깔고 말을 이었다.

"실은 학원에 몰래카메라가 설치되어 있거든. 범인을 잡는 건 시간 문제야."

강민은 자신의 반응을 살피는 원장의 눈동자를 들여다보았다.

"그럼 왜 시간 낭비하시는 거예요?"

이해할 수 없다는 투로 대꾸했다. 원장의 눈에 실망하는 빛이 떠오른다.

"기회를 주는 거지. 자수할 기회."

"서랍만 잠겨 있었어요?"

강민은 왜 다른 문제에 대해서는 이야기하지 않는지 궁금하다. 책상 아래 비스듬하게 놓인 보라색 가방은 단추도 잠겨 있지 않았다. 연두색 지갑 속에서 현금과 카드를 꺼냈다. 카드는 창문 밖으로 던지고 현금은 주머니에 찔러 넣었다. 다이어리를 열어 왔다 간 흔적도 남겨 두었다.

"분명히 엿 먹으라고 작정한 거야. 찾으면 가만히 안 둘 거야."

원장은 또 엿! 이라는 말을 썼다.

강민은 강의실로 돌아왔다.

왜 김현주 선생은 돈이 없어진 얘기를 하지 않는 거지? 학생들을 닦달할 수 있는 좋은 기회인데 말이다. 강민은 원장이 인성 운운하던 말을 떠올렸다. 그렇다, 이곳은 인성 운운할 수 있는 학교가 아니라 학원이다. 선생이 가방을 털렸다는 건 학생의 인성을 키울 수 있는 기회가 아니라 선생의 부주의함이 낳은 결과일 뿐이다. 학생을 제대로 지도하지 못하고 학부형의 힘을 빌리는 부주의한 선생에게 날릴 다음 펀치는 계속 준비되어 있다.

강민은 짜증스러운 얼굴을 하며 자리에 앉았다. 아이들의 시선이 강민을 향하고 있다. 김현주 선생은 목에 핏대를 세우며 설명을 계속했다. 그러거나 말거나 강민은 아이들에게 물었다.

"너네들도 몰래카메라 얘기 들었지?"

"그러니까, 큰일 났어."

"어디에 있을까?"

선생은 설명을 멈췄다. 강민은 선생을 쳐다봤다. 처음 듣는다는 얼굴이다. 예상이 맞았다. 몰래카메라 따위는 없다. 원장이 아이들을 겁주기 위해 한 소리다.

"뭐가 큰일이라는 거니?"

선생은 눈을 반짝 빛내며 묻는다.

"원장 선생님 욕을 얼마나 많이 했는데요, 이제 딱 걸린 거야."

선생은 길게 한숨을 내쉬었다.

"몰래카메라는 다 뻥이야. 그렇죠, 선생님?"

강민이 물었다.

"왜 그런 거짓말을 하시겠니?"

“아이, 귀찮아. 그런 건 선생님 혼자 생각해요. 꼭 내가 일일이 설명해 줘야 돼요?”

김현주 선생의 얼굴이 벌겋게 달아오르기 시작한다. 선생은 오늘 엄청나게 일진이 나쁘다. 강민은 인생이란 정직한 부메랑이라고 생각한다. 부메랑은 던진 사람에게 되돌아간다. 누군가 상대방을 상처 입힐 목적으로 던진 부메랑이라면, 바람의 방향을 바꾸어 던진 사람에게 똑같은 상처를 입힐 수 있다. 부메랑은 주인에게 복종한다. 하지만 바람을 거꾸로 돌리는 힘은 부메랑이 갖고 있는 것이 아니다. 부메랑으로 상처를 입은 사람의 분노가 바람을 거꾸로 돌리는 거다.

“최강민!”

“왜요!”

강민은 똑같은 힘으로 맞받아쳤다.

“남아!”

“오, 데이트 신청? 거부한다!”

10

"주전으로 뛸 사람 다섯 명에 후보 선수 다섯 명을 뽑겠다."

담임은 체육 대회를 직접 지휘할 생각이다. 당연히 제 몫으로 생각했던 일이다. 강민은 일이 이상하게 꼬여 가는 것을 느끼며 담임이 하는 꼴을 지켜봤다.

"모두 열 명이 필요하다. 우리 반 남학생이 스무 명이니까 딱 반. 지원자 손들도록."

무슨 미화 부장 선거도 아니고 반 대항 농구를 하는데 지원자라, 말이 되는가. 가장 먼저 손을 든 건 준서였다. 김준서. 길거리 농구에도 끼워 줄까 말까 한 녀석. 점심시간에 좀 데리고 놀아 줬더니 정신이 나갔다. 서너 명의 아이들이 더 손을 들었다. 내가 가만히 있는데 잘들 논다. 점점 더 얼굴이 굳어 온다. 아이들은 강민을 힐끔거리기 시작했다.

"선생님!"

준서다. 벌써 주전으로 뽑힌 것처럼 어깨에 힘이 들어가 있는 것을 보며 강민은 속이 뒤틀리기 시작했다.

"최강민을 추천합니다. 우리 반에서 운동을 제일 잘하잖아요."

쳇, 소리가 절로 나온다. 최강민이 김준서의 추천을 받다니. 아이들의 호응에 준서는 자랑스러운 얼굴이다. 강민은 체육 부장인 자신을 제치고 돌아가는 상황을 방관자처럼 바라보았다.

"본인이 원해야 하는 거다. 억지로 시킬 수는 없지."

강민은 지나가다가 모르는 사람한테 한 대 얻어맞은 것 같다. 평소 담임이 자신을 좋아하지 않는다는 것 정도는 알고 있었다. 하지만 지금 담임은 자신이 경기에 나가는 걸 원하지 않고 있다.

"최강민, 할 생각 있니?"

낯선 사람으로부터 다시 뒤통수 강타. 강민은 주춤했다.

"강민이 빠지면 안 돼요!"

아이들이 소리쳤다.

"그래도 본인 의사가 중요하다."

강민은 슬슬 담임의 태도가 비위에 거슬리기 시작했다.

"하겠습니다."

"그렇다면 뭐, 좋다. 이왕 이렇게 됐으니 계속 추천을 받겠다."

담임은 열 명이 채워지자 주전 선수와 후보 선수를 정했다. 그것도 본인의 의사라는 것을 물어보고 있다. 강민은 팔짱을 끼고 담임이 하는 모양을 지켜보았다.

"최강민?"

강민은 얼른 팔을 풀고 책상 위에 가지런히 손을 올려놓았다. 담임을 자극할 생각이 없다. 학원 선생과는 다르다. 밉보여서 좋을 게 없는 것이다.

"주전이요."

포지션을 정하고 유일하게 본인의 의사가 아닌 추천으로 주장이 정해졌다. 강민은 센터로 주장이 되었다. 당연한 결과지만 느낌은 개운치 않았다.

"너 담임한테 잘못 보였니?"

은영이 그런 말을 한다는 건 다른 아이들도 눈치챘다는 것이다. 강민은 담임이 자신에게 친절할 이유도 없지만 그렇다고 해서 노골적으로 달갑지 않게 대하는 이유도 알 수가 없다. 제법 조용하게 지내고 있다. 박성원과 한판 붙은 것 외에 다른 사고를 일으킨 적도 없고, 담임 과목인 영어는 상위권에 속한다. 왜 그러는지 모르겠지만 앞으로 눈에 띄지 않도록 조심해야겠다고 생각했다. 농구 대회에서 실력을 발휘한다면 태도가 바뀌지 않을까, 강민은 여러모로 담임이 자신보다 우위에 있다는 사실을 다시 한 번 느꼈다.

농구 연습은 체육 시간과 점심시간 그리고 방과 후로 이어졌다.

"후보가 주전이 될 수도 있다. 당연하게 주전이 후보가 될 수도 있다. 체육 대회 바로 직전 경기로 최종 선수를 결정하겠다."

담임은 그런 말로 주전과 후보의 선을 불분명하게 해 놓고는 수시로 아이들이 연습하는 것을 보러 왔다. 점심시간에 교실이나 스탠드에서 수다를 떨던 여자애들도 곧잘 남자애들이 농구 연습하는 것을 구경하러 왔고 그 옆에서 응원 연습을 하기도 했다. 강민은 은영이 긴 머리를 찰랑거리며, 가느다란 두 팔과 몸을 흔들어 대며, 노래하듯 소리를 질러 대는 것을 보며 드리블을 했고 슛을 질러 댔다.

모든 경기에는 주전과 후보가 있다. 농구에는 센터와 포워드와 가드가 있다. 후보는 주전이 있을 때 주전이 될 수 없고 포워드는 단지 센터가 부재일 시에만 센터의 빈자리를 도와줄 뿐이다. 후보는 주전이 되고 싶고, 포워드는 센터가 되고 싶다. 가드는 코트의 사령관이지만 결국 빛이 나는 건 키가 크고 몸싸움에 능한 센터다. 가드가 공을 가로채서 센터가 골을 넣으면 관중은 센터에게 환호를 보낸다. 게임이 시작되기 전에 역할은 이미 배분되어 있다. 강민은 담임이 후보에게 주진에 대한 희망을 불어넣은 것은 오히려 주전의 사기를 약화시키는 것이라 생각한다. 난쟁이 똥자루 같은 김준서가 코트에서 알짱거리고 있으면 영 폼이 나지 않는 것이다. 강민은 아랫배가 살살 아파왔다.

난쟁이 똥자루.

오랫동안 잊어 왔던, 아니 필사적으로 무의식에 구겨 넣었던 말.

'이제 나는 더 이상 난쟁이 똥자루가 아니다. 아무도 나를 건드릴 수 없어.'

학교에 가는 것이 아빠한테 두들겨 맞는 것만큼이나 끔찍했던 날들이었다. 그래도 친구는 있었다. 키도 고만고만하고 성적도 고만고만하고 말하자면 있어도 그만 없어도 그만, 반에서 고만고만한 애들과 함께 어울리며 고만고만한 인생을 살았다. 그런데 방과 후 불량배들에게 돈을 뜯기기 시작하면서 고만고만한 인생이 끔찍하게 커다란 벌레처럼 느껴지기 시작했다. 무슨 힘이 있어서 참았던가. 강민은 엄마가 학교에 들락거리며 특별한 자신의 별 볼 일 없는 아들이 독특한 대우를 받는 것에 대해 당당하게 분개할 때마다 음습한 곳에 숨어 있다가 사람들에게 발각된 시꺼먼 벌레처럼 무수히 많은 가느다란 다리를 발발 떨어 댔다. 주제를 알고 알아서 기었던 때였다.

하지만 난쟁이 똥자루 김준서는 그렇지 않다. 강민은 농구를 하겠다고 덤벼든 준서가 거슬린다. 뒤치다꺼리나 하는 게 어울리는 녀석이 겸손한 체 후보를 하겠다고 한다. 주제를 모르는 녀석. 고만고만한 녀석들하고 어울리지 않고 역할을 넘보고 있다. 늘 피에로 분장을 하고 나오는 레슬러 펑키 같다. 관중들이 보내는 야유를 갈채라고 착각하며 손에 입을 맞춰 키스를 날리는 어릿광대. 재주를 넘다가 엉덩방아를 찧어도, 링에 오르다가 줄에 목이 걸려도 웃음을 잃지 않는다. 분장 때문인가 싶으면 진짜 키들거리며 재미있어 죽겠다는 표정이다. 자신보다 머리통이 몇 개는 큰 선수 앞에서도 기가 죽지 않는다. 결국에는 까불대다가 상대 선수에게 곤죽이 되게 맞는다. 카운트다운이 들어가고, 바닥에 널브러져 상대 선수의 몸무게에 짓눌리면서도 펑키는 웃었을까? 아니다. 꽉 다문 입술 위로 그려진 붉은 물감만이 웃고 있을 뿐이었다. 강민은 어릿광대 레슬러 김준서가 얼굴을 일그러뜨리며 고통스러워하는 표정을 떠올렸다. 꼬붕 하나 있는 것도 나쁘지 않다. 하지만 시원찮은 꼬붕은 필요 없다.

작은 동물은 정글 속에 들어와도 안 될 뿐더러 정글 속에서 군림하는 맹수를 두려워해야 한다.

11

“그리스 인들은 인간 내부에 숨어 있는 폭력적인 힘을 다스리기 위해 올림픽 경기를 만들었다.”

담임은 잠시 뜸을 들이며 아이들을 둘러본다. 성원은 담임의 눈이 자신을 그대로 뚫고 지나가 버릴 것만 같다. 영어 담당인 담임은 ‘칼’이라는 별명을 가지고 있다. 부엌에서 사용하는 칼이 아니라 카리스마의 칼이다. 수업을 할 때도 그렇지만 말을 할 때 아, 어, 그러니까 등의 추임새가 없다. 쓸데없는 소리도 절대 하지 않는다. 눈빛으로 아이들을 확 당겨 놓고 굵직한 목소리로 긴장감을 유지한다. 담임은 뒷자리 어딘가를 노려보듯 바라보더니 말을 이었다.

“그리스 신화에 보면 인간보다 신들이 먼저 올림픽을 열었다는 이야기가 나온다. 제우스가 아버지 크로노스와 레슬링을 했던 언덕이 바로 크로노스 언덕이다. 누가 이겼겠나? 당연히 제우스가 이겼다. 아들은 아버지를 넘어서야 어른으로 성장한다. 중요한 건 아들이 아버지를 때려눕혔다는 게 아니라 스포츠를 해서 이겼다는 거다. 그것을 기념하기 위해서 생긴 것이 바로 올림픽 제전이다. 젊은이의 내부에 잠재해 있는 폭력성을 다스리는 데 스포츠만한 게 없다. 그렇기 때문에 누가 이겼는가, 누가 더 많은 공을 세웠는가, 하는 것은 중요하지 않다. 얼마나 최선을 다했는가가 중요하다. 자신과의 싸움에서 이긴 자를 패배시킬 수 있는 사람은 아무도 없다. 그는 이미 이겼기 때문이다."

담임은 체육 대회에 빠지는 학생이 단 한 명도 없어야 한다는 말을 다시 한 번 강조하며 종례를 마쳤다. 체육 대회가 끝나고 불과 보름 후면 기말고사가 시작된다. 체육 대회쯤이야 대충 흉내만 내려고 했다.

성원은 한숨이 절로 나온다. 솔직히 아무런 역할을 하고 싶지 않다. 딱히 못 하는 것도 아니지만 운동이 즐기는 놀이가 아니라 승패를 가리는 경쟁이 될 때 생기는 긴장감이 견디기 힘들다. '결정적인 순간에 실수를 하게 되면 어떻게 하나.' 하는 불안감은 곧잘 사소한 실수로 이어지곤 한다.

아이들의 추천으로 농구 선수가 된 것도 탐탁지 않다. 후보를 한다고 말했지만 체육 대회를 직접 지휘하고 있는 담임은 후보도 주전이 될 수 있다고 했다. 담임의 말은 여러 가지로 아이들을 자극하고 있다. 후보 선수들은 스스로 후보를 선택한 것이기 때문에 자존심을 지키면서 동시에 주전이 될 수도 있다는 기대를 가지고 연습을 하고 있다. 주전 선수들도 스스로의 선택을 인정받기 위해서는 더욱 열심히 노력할 수밖에 없다. 성원은 이래저래 열심히 코트를 뛰어다니는 아이들 틈에서 자신만 어정쩡한 것 같다. 강민은 단연 돋보인다. 키와 체력, 민첩성까지 농구 선수가 갖추어야 할 것들을 두루두루 가지고 있다. 장거리슛에는 약하지만 골밑슛에는 그 누구보다 능하다. 그런가 하면 준서는 발발거린다는 표현이 딱 맞다. 성원은 준서가 땀을 뻘뻘 흘리면서 잠시도 쉬지 않고 몸을 놀리는 것이 신기하기만 하다. 하지만 아무리 열심히 뛰어도 골대는 너무 멀다.

담임은 말했다. 자신과의 싸움에서 이긴 자는 패배하지 않았다고, 그는 이미 이겼기 때문에 아무도 그를 패배시킬 수는 없다고 했다. 멋진 말이다. 하지만 자신과는 거리가 멀다. 한 번이라도 최선을 다했던 적이 있었던가? 최선을 다해야 할 만큼 힘든 일이 있었던 것도 아니다. 아니, 어쩌면 최선을 다해야 할 일이 있었는데 모르고 지나쳤을 수도 있다.

성원은 적당히 뛰었고 적당히 드리블을 했다. 준서는 공을 잡기 위해 필사적으로 따라 붙었고 공을 빼앗으면 패스할 사람을 찾았다. 어미 닭들 틈에서 병아리가 삐악거리며 분주하게 쫓아다니는 것 같다. 키로 보나 덩치로 보나 농구는 무리다. 왜 농구 시합에 나가려고 하는 걸까? 성원은 준서가 혜진이를 괴롭히는 것처럼—그럴 때 준서는 즐거워 보이지 않는다. 때로는 곤혹스러운 표정을 짓는 것도 보았다—강민과 어울리기 위한 하나의 방법으로 그러는 것 같다. 힘센 애들에게 들러붙어 어떻게 해서든 한번 놀아 보려고 하는 찌질이 김준서는 지금 연습 게임을 마치 실전처럼 하고 있다.

등에 땀이 차기 시작한다. 연습을 시작한 지 한 시간, 서서히 다리가 풀린다. 지치지 않는 건 강민뿐이다. 성원은 강민이 드리블을 하며 골대를 향해 다가가는 것을 멍하니 서서 바라봤다. 제자리를 지키고 있는 애들이 점점 늘어간다. 그때였다. 느닷없이 찌질이 김준서가 고꾸라졌다. 성원은 강민이 팔로 준서를 밀치는 것을 보았다. 준서는 넘어지지 않으려고 한 다리로 깽깽이를 하더니 철퍼덕 엎어졌다. 아이들은 준서가 그러거나 말거나 계속 경기를 하고 있다. 실수였을까? 마치 상대편 선수에게 고의적으로 반칙을 하는 것 같은 행동은.

언제 왔는지 담임이 호루라기를 불며 연습 종료를 외치고 있다. 손에는 커다란 봉투가 들려 있다. 학부모회에서 준비한 간식이다. 담임은 인원을 점검하고 빵과 음료수가 든 봉투를 건네주고는 사라졌다. 아이들은 그냥 선 채로 간식을 먹었다.

"뒷정리는 김준서가 해."

명령조다. 강민은 그렇게 말하고는 빵 봉지와 음료수 병을 바닥에 던졌다. 아이들 몇이 따라 했다. 준서가 넘어진 것은 실수가 아니었다. 강민은 아이들과 어울려 나가며 떠들썩하게 웃는다. 준서는 눈을 내리깔고 그 자리에 서 있다. 성원은 쓰레기를 봉투에 넣고 가방을 멨다. 체육관을 나오면서 뒤돌아보니 더 작아진 준서가 바닥에 굴러다니는 쓰레기를 줍고 있다.

무슨 일이 있었던 걸까?

무슨 일이 일어나고 있는 걸까?

내면의 폭력성. 담임은 말했다. 스포츠는 젊은이의 폭력성을 다스린다고. 하지만 레슬링은 그렇지 않은데? 절제와 포용이 아니라 무자비하고 잔인하게 감정을 폭발시키기를 요구한다. 관중은 더 자극적인 것을 원한다. 선수가 피를 흘릴 때 가장 열광한다. 이마에서 시작한 피는 두 눈을 시뻘겋게 물들이며 턱 밑으로 뚝뚝 떨어진다. 코뼈가 부러졌을 때 가장 많은 피가 솟구치는데, 선수는 입으로 피거품을 물 정도이다. 상황이 그쯤 되면 성원도 눈을 감아 버린다.

레슬링은 보통 사람이 할 수 없는 스포츠이지만 관중은 보통 사람이다. 담임의 말처럼 자신의 내면에도 폭력성이 존재하는 것 같다. 폭력에 대한 대리 만족을 위해 레슬링을 좋아하는지도 모른다. 하지만 현실은 링이 아니다. 로킥, 드로킥도 안 되고 로프반동도 안 된다. 던져 버리고 박살 내서는 안 된다.

준서는 체육관에 내팽겨진 채로 쓰레기를 줍고 있다.

담임은 반에서 일어나고 있는 이상기류를 전혀 눈치채지 못하고 있을까? 아니면 조금은 감지하고 있을까?

며칠 전 조회 시간, 담임은 은영에게 말했다.

"어머니가 YMCA에 계시지? 시간 나실 때 한 번 들르시라고 해."

"엄마 바쁘신데요."

은영이 바로 대답하자 담임은 얼굴이 굳어졌다.

"전화부터 하시라고 해."

담임은 학생이 문제를 일으키기 전에 학부모를 학교에 오라고 하는 일이 없다. 그리고 영어 담당인 담임이 체육 부장을 제치고 체육 대회를 직접 진행하는 것도 의외다. 칼처럼, 담임은 모든 것을 꿰뚫어 보고 있을지도 모른다. 그래서 겉으로는 드러내지 않지만 은밀하게 혜진을 돕고 있는지도 모른다. 종례 시간에 폭력성 운운한 것도 그 때문이다. 그렇게 생각하자 어깨에 지고 있던 무거운 짐을 벗어 버린 것처럼 홀가분하다.

혜진이는 유령이다. 예수님은 2000년 전에 사라져 버렸지만 혜진이는 살아서 유령이 되었다. 쓰레기를 줍는 준서의 구부러진 등이 가슴에서 지워지지 않는다. 성원은 유령이 두 명이 될까 봐 두렵다.

12

나은영이 혜진에게 뚜벅뚜벅 걸어가고 있다. 손에는 빨간 사과가 쥐어져 있다. 마치 친구처럼, 은영은 혜진의 어깨에 다정하게 손을 올린다. 그리고 사과를 내민다. 혜진은 꼼짝도 하지 않는다. 은영은 책상 위에 사과를 놓고 잠시 머뭇거린 후 제자리로 돌아갔다.

속임수인가?

혜진을 더 잔인하게 괴롭히기 위한 신호인가?

아니면 정말로 끝난 것인가?

끝났다면 왜?

성원은 아무리 생각해 보아도 알 수가 없다. 분명한 건, 혜진이를 미쳤다고 한 것이 군중이니 미친 혜진이를 정상으로 돌리는 것도 군중의 몫이라는 것뿐이다.

성원은 혜진을 둘러싸고 있는 변화를 지켜보았다.

점심시간이 되자 지희가 혜진 앞에 식판을 내려놓는다. 반장인 지희는 학기 초 혜진이와 곧잘 어울려 다니던 애다. 아니, 혜진이에게 먼저 접근한 것도 지희였고 멀리한 것도 지희였다. 혜진은 별말이 없다. 지희는 머쓱해 하더니 다시 제자리로 돌아간다. 간간이 혜진에게 말을 거는 애들도 눈에 뜨인다.

혜진이 주위에 아이들이 머물자 희미하던 스케치에 색깔이 입혀지는 느낌이다. 교복이 자줏빛으로 물들고 머리카락이 까맣게 칠해진다. 진한 4B연필로 이목구비가 그어지고 마지막으로 붉은색 물감이 입술에 똑 떨어지자 혜진은 유령에서 사람으로 돌아왔다.

성원은 지희에게 물어보았다.

"뭘? 아, 응……."

지희는 망설이는 듯하더니 한숨을 푹 쉬고 대꾸한다.

"나도 몰라. 갑자기 그렇게 됐어."

지희는 겉으로 보이는 것만을 이야기하기로 했다.

분명한 건 하나도 없다. 자신이 담임에게 보낸 익명의 편지. 지희는 일주일이나 넘게 주머니 속에 편지를 넣고 다녔다. 하지만 결국 가해자의 이름도 피해자의 이름도 쓰지 못한 채 출석부에 끼웠다. 가해자를 밝히는 경우에는 혜진이 더욱 괴롭힘을 당할 것이고 피해자를 밝히는 경우에도 마찬가지라는 생각이 들었다. 혜진이 선생님에게 고자질했다는 누명을 쓸 수 있다. 그저 왕따를 꼭 없애 달라고만 썼다. 담임은 누군가의 장난이라고 생각했을 수도 있다. 핸드폰 발신 번호 표시 제한 메시지도 발신한 사람을 추적할 수 있다. 지희는 컴퓨터 필기체로 인쇄된, 글씨 어디에도 자신의 흔적을 발견할 수 없음을 재차 확인한 후 한때 친구였던 윤혜진에 대한 죄책감을 벗어 버렸다. 그리고 혜진이 왕따에서 벗어난 지금 담임이 자신의 편지를 받고 멋지게 왕따를 없앤 거라고 생각하고 싶다.

"혜진이 나한테 삐쳐 있어. 뭐, 당연하지만."

성원은 발밑으로 굴러온 공을 툭 차 버리듯 말하는 지희가 못마땅하다. 하지만 자신도 뭐라고 말할 수 있는 처지가 아니다. 성원은 고개를 돌려 버렸다. 괴롭힘을 당하는 혜진이 편에 선 적이 한 번도 없다. 그러면서 강민이나 준서, 은영이를 비웃었다. 그들이 시작한 일이고 그들이 끝냈다. 지희는 반장이기 때문에 더 어려웠을 것이다. 학급 일을 진행하기 위해서는 강민 같은 애들한테서 등을 돌릴 수가 없다.

쳇, 웃기고 있네.

목소리가 이죽거린다.

윤혜진과 한지희는 친구였잖아. 너 자신이 비판받지 않기 위해서 다른 사람들도 감싸려 드는구나.

그래도 우리는 동조하지 않았어.

성원은 눈을 감고 목소리에게 대답했다.

아무것도 하지 않는 것이야말로 무언의 긍정이지. 소리 나지 않는 박수를 치는 일이랑 똑같아.

성원은 목소리를 듣지 않으려고 신음 소리를 냈다. 장단에 맞춰 놀아난 기분이다. 혜진을 괴롭혔던 아이들을 비판할 수 있는 사람은 없다. 그들은 아무것도 안 했기 때문이다. 끝나지 않을 것만 같던 일이 끝나고 나서야, 끝날 수도 있는 일이었다는 사실을 알게 되는 건 소용이 없다.

"은영이 엄마 청소년 인권 활동가인 거 알아?"

그 말에 고개를 들었다.

"자기 딸이 왕따 가해자였다는 걸 알면 기분이 어떨까?"

지희가 낮게 속삭였다.

"하긴 그 엄마에 그 딸이지. 은영이 엄마 워낙 터프해서 성질나면 의자 집어던진다던대. 그래서 은영이 지난번에 팔목에 붕대 감고 온 거잖아. 의자는 박살났는데 팔목으로 막았다고 자랑했잖아."

지희는 빈정거리고 있다. 일순간 차갑게 변한 얼굴이 낯설게 느껴졌다. 지희도 알고 있다. 강민이나 은영에게 친절하게 굴고 있었지만 속으로는 그 애들을 미워하고 있었다. 하지만 왕따가 끝난 지금, 가해자 운운하는 것이 과연 혜진에게 어떤 위로가 될까?

왜 그 누구도 아무런 행동을 하지 않았던 거야?

목소리가 묻는다.

끝날 수 없는 일이라고 생각했어.

분명히 기뻐할 일인데도 불구하고 왠지 허탈하다.

"어쩌면 누군가 고발했을지도 몰라."

지희는 얼굴을 바싹 들이대며 소곤거린다.

"어디다가?"

"담임이던가 아니면…… 교육청에."

"그래서?"

"교육청에서 조사가 나오면 사건이 커지니까 딸 단속을 했겠지."

"나은영이 그러는 줄 어떻게 알고?"

"야, 그걸 내가 어떻게 알아!"

지희는 냅다 소리를 치더니 수업 준비를 한다. 성원이 어이없어 보고 있으려니 다시 고개를 돌리고 활짝 웃는다. 마음은 그렇지 않은데 성원도 따라 웃고 말았다.

신고를 하는 방법이 있었구나. 지희는 그런 것까지 생각해 본 걸까? 하지만 누군가 신고를 했다면 조사가 시작되었을 것이다. 그런 낌새는 전혀 없었다. 늘 똑같은 하루 속에서 어느 날 갑자기 혜진이가 사람으로 편입된 것뿐. 정말 칼 같은 담임이 모든 것을 다 알아차리고 아무도 모르게 처리를 한 걸까? 어쨌든 체육 대회가 끝나기 전이어서 다행이다. 체육 대회 동안에는 아이들과 함께 다닐 일이 많다.

교실에 찾아온 평온.

쉬는 시간이면 아이들 이름이 여기저기서 불리고 그 속에는 웃음소리도 간간이 섞여 있다. 교실에는 나무 냄새가 떠돌고 선선한 바람에 취해 깜박 졸기도 한다. 쉬는 시간에 엎드려 자고 있으면 수업 종은 금방 울리고 옆자리에 앉은 친구가 장난스럽게 등을 치며 잠을 깨운다.

이제 엄마 아빠한테 혜진이 욕을 좀 해 주어야겠다. 공부만 알고 얼마나 쌀쌀맞은 애인지 말해 주어야겠다. 성원은 그런 생각을 하며 슬쩍 웃었다.

13

준서는 아이들이 버린 빵 봉지며 음료수 병을 봉투에 담아 쓰레기통에 버렸다.

집으로 돌아갈까 하다가 혹시나 싶어서 교실로 갔다. 아무도 없다. 역시 그 누구도 자신을 기다리고 있지 않다. 강민이 왜 기분이 나빴을까? 아마도 선생님이 체육 부장 대우를 해 주지 않았기 때문인 것 같다. 다른 반은 모두 체육 부장이 체육 대회를 전담해서 진행하고 있다. 담임도 바쁠 텐데, 그 귀찮은 일을 도맡고 나선 이유를 알 수가 없다. 힘이 센 아이들은 다른 사람들이 그에 걸맞은 대우를 해 주는 것에 익숙하다. 준서는 강민 같은 애들은 그런 대접을 받을 권리가 있다고 생각한다. 그런데 담임이 체육 부장이 할 일을 사사건건 간섭하니까 심사가 뒤틀렸을 것이다. 그래서 나한테 화풀이를 한 거야. 내일은 또 달라지겠지, 그렇게 생각하기로 했다. 강민이 계속 화를 낸다면 어떻게 하지? 그러면 더 잘해 주면 돼. 그렇게 마음먹었다.

집으로 들어서니 재봉틀 돌아가는 소리가 웅웅거린다. 아빠는 혼자

서 라면을 먹고 있다.

"너도 하나 끓여 줄까?"

배는 고프지 않았지만 고개를 끄덕였다. 아빠가 끓여 주는 라면은 맛있다. 아빠는 끓는 물에 스프를 먼저 넣는다. 물이 다시 끓어오르면 면을 넣고 양파와 파를 집어넣는다. 젓가락으로 라면을 몇 번 들어올린 후 계란을 넣고 정확히 3분이 지나면 불을 끄고 뚜껑을 닫은 후 30초를 기다린다. 라면 끓이는 모습이 자로 잰 듯 정확하다.

"누가 가르쳐 준 거야?"

"많이 끓이다 보면 저절로 터득하게 돼. 비법을 알게 되면 그때부터는 그 방법대로 하는 거야. 고민할 필요가 없지. 가장 맛있는 요리가 되니까."

준서는 국물 맛을 보았다. 깔끔하다. 아빠가 끓인 라면을 먹는 가장 큰 즐거움은 입안에서 톡 터지는 계란 노른자에 있다. 몽글몽글 형태가 흔들리는 노른자를 숟가락으로 살며시 들어 올려서 입안에 넣었다. 살짝 깨무니 따뜻한 고소함이 입안 가득 퍼진다. 준서는 엄지손가락을 들어 아빠에게 보여 주었다. 아빠는 라면 먹는 모습을 물끄러미 바라보고 있다. 그제야 준서는 아빠 그릇에 남은 라면이 퉁퉁 불어 있는 것을 보았다.

"아직 안 먹었네."

"라면은 불으면 불은 대로 맛있어."

찬밥을 툭 넣어 썩썩 비비더니 김치를 턱 얹어 드신다. 정말 맛있어

보인다.

"이것도 다 엄마가 바쁜 덕이다."

준서는 지금처럼 라면을 끓여 먹거나 자장면이나 김밥, 피자를 시켜 먹을 때가 많다. 엄마는 마감을 맞추느라 일일이 장을 보고 음식을 차려 줄 여유가 없다.

"어쩌나 다행인지."

아빠의 말에 준서도 고개를 끄덕였다. 엄마가 해 주는 음식이란 대부분 뻔한 레퍼토리다. 레퍼토리의 문제가 아니라 엄마의 놀라운 재주는 음식을 할 때마다 맛이 어딘지 2프로는 부족하다는 것. 차려 놓은 음식을 가장 맛있게 먹는 건 엄마다.

"이번 주부터 농구 시작해."

아빠가 말했다.

"정말?"

"용수 형 알지?"

"응, 중학교 때 농구 선수였던 형."

"엄마가 큰어머니한테 부탁했다. 공짜는 아니고 두 시간 연습에 피자 한 판 값이라니까 열심히 해."

"무슨 피자?"

"길거리 피자지 뭐. 체대도 아니고 그 정도면 잘 쳐준 거야."

아빠는 흡족한 얼굴이다.

"너무 좋아하는 척하면 엄마 속상하다."

"네."

"요럴 때만 존댓말이지?"

"응."

준서는 기분이 붕붕 뜨는 것 같다. 아무리 열심히 연습을 해도 자신에게만 골대가 천장에 매달린 것 같다. 여태껏 슛을 한 번도 쏘지 못했다. 골밑슛은 아니더라도 공이 그리는 각도를 생각한다면 못 넣을 것도 없다. 이제 사부에게 비법을 전수받으면 공을 들고 패스할 생각만 하지는 않겠지.

"아빠는 나만 했을 때 꿈이 뭐였어?"

"글쎄."

괜히 물어보았을까? 준서는 얼른 말했다.

"나는 농구 선수 아니야."

"그럴 거라고 생각했지."

"말하면 깜짝 놀랄 거야."

"그러면 말하지 마."

"안 궁금해?"

"너만의 비밀로 간직하고 있는 것도 괜찮을 거다."

그럴까? 준서는 막상 프로레슬러라고 말하려니 쑥스럽기도 했다. 아빠라면 비웃지는 않겠지만 마음이 아플 수도 있을 것 같다. 레슬러가 되기에는 너무 많이 커야 한다.

"아빠도 꿈이 있었는데 아무한테도 말 안 했다."

준서는 그 꿈을 이루었는지 묻지 않았다.

"어떤 꿈이건 꿈을 갖고 있다는 게 중요하지."

"이루지 못해도? 내가 갖고 있는 꿈은 되게 어마어마하거든."

준서는 아빠에게는 살짝 가르쳐 줄 생각도 있다.

아빠는 준서 앞에 물 잔을 놓고 주전자를 높이 들어 물을 주르르 따라 주었다. 물이 하나도 안 튄다.

"꿈을 가지고 있는 사람은 노력을 하잖아."

"나도 노력하고 있어."

"노력하는 과정이 중요한 거야. 꿈은 클수록 좋지. 더 많은 노력을 하게 되고 그러면 더 많이 변하니까. 더 훌륭해지고 나면 자기가 이루려는 꿈은 못 이루더라도 소박한 다른 꿈을 이루기는 더 쉽지."

"응, 나도 그 꿈을 꼭 이루려는 건 아니야. 그냥 그런 사람이 되고 싶은 거야."

준서는 말해 놓고 나서 알게 되었다. 자신이 꼭 프로레슬러가 되려고 하는 게 아니라는 것을. 강한 사람이 되고 싶은 거다. 다른 사람들이 무서워서 벌벌 떨 만큼 힘이 센 사람이 되고 싶다. 그러면 사람들에게 무섭게 굴지 않고 다정하게 대해 줄 생각이다. 펠타시처럼 괴물 같은 인간이 되고 싶지는 않다. 그는 2미터 30센티미터나 되는 거인이다. 그에게 붙들린 마이크는 꼭 젓가락 같다. 펠타시는 링 위에서 젓가락을 입에 갖다 대고 으르렁거리며 말한다.

"나는 입으로 떠드는 놈들이 제일 싫다. 나는 주먹으로 말한다. 내

주먹은 하나의 단어밖에 모른다. 그것은 바로 죽음이다."

그의 장점은 반칙을 쓰지 않는다는 것이다. 하지만 반칙을 쓰기에 그의 몸은 너무 둔하다. 경기에서 이겼을 때도 한 손만 들어 올릴 뿐 거의 움직임이 없다. 펠타시의 허리에도 닿지 않는 매니저가 그의 몫까지 소리치고 발을 구르고 무릎을 꿇고 신에게 기도하고 환호하는 것을 고개를 꺾어 귀엽다는 듯이 내려다볼 뿐이다. 그럴 때 그의 얼굴에 떠오른 미소는 제법 귀엽기도 하다. 상대 선수와 싸울 때와는 완전히 딴판이다.

키가 크건 작건 레슬러들의 몸은 모두 입이 떡 벌어지게 만든다.

"고대 그리스에서는 알몸으로 운동 경기를 했다."

체육 선생이 그런 말을 했을 때 아이들은 소리를 지르고 야단이었다.

"혹자는 옷이 찢어질까 봐 알몸으로 경기를 했다는 사람도 있고, 여자들이 경기 관람을 못 하게 하기 위해서였다는 사람도 있는데 다 헛소리고, 실은 말이지."

선생은 음흉한 웃음을 지었다. 여자애들 사이에서 야유가 쏟아져 나왔다. 그 틈을 비집고 강민이 말했다.

"급소를 공격하려고요."

여자애들이 또다시 우, 소리를 냈다.

"급소가 어딘데?"

"콧구멍이요."

아이들이 다시 한차례 웃은 후 선생은 말했다.

"사람의 몸을 단지 정신을 담는 그릇이나 욕망의 화신으로 보지 않았기 때문이야. 그것 자체로 가장 완벽한 구현체로 본 거지. 말하자면 육체가 아름다운 사람은 두루두루 훌륭한 인격을 갖춘 완벽한 사람이라는 소리야. 육체의 단련을 통해서 다비드 같은 아름다운 몸을 가질 수 있다는 소리, 즉 이것도 헛소리지. 아무튼 그러한 이유로 홀딱 벗고 했단다."

"왜 헛소리예요?"

누군가 물었다.

"안 되는 몸도 분명히 있거든."

준서는 선생의 말에 귓불까지 발갛게 달아올랐다.

"아빠, 그리스인들이 알몸으로 운동 경기했던 거 알아?"

준서는 체육 선생에게 들은 말이라는 소리는 안 했다.

"옷이 찢어질까 봐 그랬다는 건 헛소리고, 여자들이 못 보게 하려고 그랬대."

"일리가 있네."

"그렇지?"

준서는 아빠가 가득 따라 준 물을 벌컥벌컥 들이켰다.

14

"안녕."

아무도 쳐다보지 않는다.

"영어 숙제 다 했냐? 진짜 많더라."

아무도 대답하지 않는다.

"무슨 일 있었어?"

내 몸이 안 보여?

내 목소리가 안 들려?

나야, 나. 네 친구.

준서는 강민의 팔을 슬쩍 잡았다.

"어딜 잡아? 더러운 새끼."

악의를 품은 손이 어깨를 밀어낸다.

"왜 그래?"

"더러우니까 가서 찌그러져 있으라고."

아이들이 키득거린다.

왜 그래? 대체 무슨 일이야?

목구멍이 꽉 막혀 말이 나오지 않는다. 준서는 힘없이 뒤돌아섰다.

내가 뭐 잘못한 게 있나? 어제 농구할 때 잘못해서 그러는 건가? 하지만 나보다 더 못 하는 애들도 있었어. 무슨 일인지 말을 해 줘.

자리에 털썩 주저앉았다.

생각은 목소리를 만들어 귓속에서 앵앵거린다. 지금이라도 "야, 장난이었어. 미안." 하고 소리치지 않을까? "놀랬냐." 하면서 두 손을 맞잡고 우정의 표시로 흔들어 댄다면 아무 일도 없었다는 듯 웃어 줄 수 있다. 온몸이 굳어 버려 움직일 때마다 끼이익 소리를 낼 것 같다. 준서는 고개를 돌려 미친 예수를 보았다. 지희가 어깨에 팔을 올리며 말하고 있다. 다정해 보인다. 지희한테 저런 용기가 있었나? 미친 예수는 왕따인데. 강민이 저걸 보면 자신에게 미친 예수를 괴롭히라고 시킬 것이다.

준서는 쉬는 시간을 기다려 강민에게 갔다.

"강민."

여전히 돌아보지 않는다. 아무런 걱정이 없는 즐거운 얼굴이다. 준서는 강민이 무시하거나 말거나 말을 꺼냈다.

"한지희가 미친 예수한테 말 걸더라. 그것도 아주 다정하게. 역겨워 죽겠어."

그런 말을 하는 자신이 역겨웠다. 준서는 자기가 하는 소리를 아무도 못 들었으면 하고 간절히 바랐다. 지금까지 강민이 부탁을 해서 혜진을 괴롭혀 왔다면 이제는 그 반대다. 자신이 부탁을 하고 있다. 친구라는 증명이 필요하다. 그건 다름 아닌 미친 예수를 괴롭히는 일이다. 강민은 그 일을 부탁할 때만 친절하게 구니까, 친구끼리는 친절한 거니까. 준서는 침을 꿀꺽 삼켰다. 벌써 이마에는 땀이 삐질삐질 나오고 있다. 긴장을 하면 계절에 상관없이 땀이 쏟아진다. 땀은 이마로부터 시작해서 콧잔등에까지 조롱조롱 매달리기 시작했다.

강민은 그제야 준서를 바라봐 주었다.

그래, 잠시 기분이 안 좋았던 거야. 친구끼리는 화도 내고 그럴 수 있지. 더군다나 강민 아닌가. 내가 좀 더 참아 줄 수 있어. 준서는 웃었다. 단단하게 굳어 버린 얼굴이 입가를 일그러뜨렸다.

"미친 예수라면 혹시 혜진이 말하는 거니?"

"……혹시라니 그게 무슨."

"너는 친구한테 미친 예수가 뭐냐? 그리고 역겨워? 이 자식 인간이 아니네."

옆에 있던 아이들이 빈정거리며 한마디씩 한다.

"주제를 모르고 엄청 나대요."

"나는 왜 김준서만 보면 토할 거 같냐."

"저 녀석한테는 냄새가 나잖아. 엄청 구린내가."

"야, 냄새난다. 저리 꺼져."

아이들이 코를 막으며 킬킬댄다.

꿈이겠지.

지독한 악몽을 꾸고 있는 거야.

준서는 생각에게 말했다.

목이 졸리는 기분이야.

가위에 눌린 것처럼 아무런 소리도 낼 수가 없어.

생각이 대답한다.

잠에서 깨고 나면 다시 친구로 돌아갈 거야. 그러니까 너무 괴로워하지 마.

강민은 그 자리에 멍하니 서 있는 준서의 허벅지를 발로 차며 낮게 이죽거렸다.

"난쟁이 똥자루. 더러워 더러워."

준서는 허벅지에서 오는 고통으로 신음 소리를 냈다.

시작되었다. 돌이킬 수 없는 일이. 눈물이 왈칵 쏟아지려고 한다. 이를 악물었다.

왜 그러는 거야?

한마디 묻지도 못하고,

건드리지 마!

분명하게 소리치지도 못하고,

네가 나한테 이럴 권리는 없어!

말하지도 못하고 귀는 욕을 듣고 몸은 발로 차인다.

몸이 점점 작아져서 아예 없어져 버렸으면 좋겠다.

준서는 한 걸음 한 걸음 내딛을 때마다 정말 몸이 작아져서 제자리로 돌아왔을 때는 아주 조그매졌다. 의자가 커져 버려, 아니 자신이 작아져서 의자에 앉고도 자리가 많이 남았다. 자신이 김준서인지 의심스럽다. 어제나 그제나 아니, 한 달 전이나 지금이나 자신은 변하지 않았다. 같은 준서다. 그런데 강민의 친구였던 자신이 이제는 적이 되었다.

왜?

대체 왜?

나한테 왜 그러는 거야?

15

“준서, 한번 밟아 버릴까?”

강민에게 질문을 던지는 사람은 하나도 없다.

“생각 잘했다.”

“새끼, 요즘 되게 거슬려.”

“조그만 게 너무 나대.”

그리고 은밀한 눈길이 오고 갔다.

굳이 뭔가를 물어본 사람이 있다면,

“미친 예수는?”

“걔야 은영이가 싫어한 거였지, 우리가 싫어한 거였냐.”

강민이 말했다. 아이들의 정직한 눈이 잠시 흔들렸다.

“사실 미친 예수를 괴롭힌 건 준서였지.”

“강민이 빽 믿고 너무 못살게 굴었어.”

임기응변에 능한 입들이 덧붙였다.

“그럼 이제 미친 예수는 왕따 아니야?”

"왕은 늘 한 명이지."

강민이 말했다.

"하긴 그래야 왕따지. 근데 은영이는?"

"은영이가 본성은 착하잖아. 혜진이한테 잘해 주기로 했다던데."

"좋아하는 거 너무 티 내는 거 아니야?"

"웃기지 마."

강민의 말에 아이들은 재빨리 입을 다물었다.

강민이 예상했던 바였다. 아이들은 늘 새로운 것을 원한다. 동시에 자극적인 것을 추구한다. 새로우면서 자극적인 일이라면 반대할 이유가 없다. 한 명의 희생자가 탄생하는 순간이야말로 다수가 우정을 확인하는 때다. 그 희생자가 자신만 아니면 된다. 누구여도 상관없다. 더군다나 이번의 희생자는 담임이 말한 내면의 폭력성을 자극하는 인물이다. 강민은 김준서야말로 재미있게 레슬링을 할 수 있는 상대라고 생각한다. 대부분의 레슬링은 혼자서 하는 게임이 아니다. 상대가 협조해 주어야 기술을 부릴 수 있다. 벨리투벨리슈플렉스는 상대방이 낙법을 해야만 한다. 그렇지 않으면 엄청난 거구를 들어 올려서 180도를 돌리는 것이 가능하겠는가. 상대를 거꾸로 들어서 1자로 만들어야 하는 슈플렉스도 마찬가지다. 무게 중심을 잡으려면 서로 호흡이 맞아야 한다. 레슬러들은 상대의 기술에 협조해 주되 자신의 몸도 보호한다. 파워밤 기술을 제대로 당하면 목이 부러지거나 머리가 박살날 수도 있다. 스터너 기술을 당했을 때 그대로 서 있기만 한다면 목이 날아간다. 무릎을 꿇으며 주저앉아 버리는 것은 충격을 완화시키기 위해서다. 얼마나 아프기에 저런 비굴한 자세가 될까, 하는 것은 사람들의 오해다. 누구든 살고 봐야 한다.

강민은 미친 예수가 도도한 왕따였다고 생각한다.

쓰레기통에서 교과서를 꺼내 들던 혜진의 표정은 인상적이었다. 마치 제 것이 아닌 양 거만하게 웃던 얼굴. 혜진은 교과서를 다시 쓰레기통에 버렸다. 기술을 부린 사람에게 고작 이 정도로 내가 KO패 당하겠니? 하는 태도는 오히려 반칙을 쓴 것 같은 꺼림칙함이 들게 했다. 혜진은 아이들과 어울리려 노력하지도 않았다. 반장인 한지희는 눈치가 꽤 빨랐다. 혜진이 공부 잘한다는 것을 알고 제 짝이라고 생각해서 달라붙더니 왕따를 당하는 분위기니까 바로 아웃시켰다. 한 번도 혜진을 보호한 적이 없다. 준서는 처음부터 엄청 달라붙었지. 진드기처럼.

준서를 생각하면 속이 뒤틀린다. 기술에 당해 본 사람은 기술을 쓰는 법도 안다. 강민은 그게 바로 자신이라고 생각한다. 이제 기술을 당할 사람은 준서다. 자신이 그랬던 것처럼, 레슬러들이 상대에게 당해 주는 것처럼, 죽지만은 않으려고 노력하는 것처럼 그가 어떤 식으로 나올지 뻔하다. 준서에게 기술을 쓰는 것, 그것은 바로 강민이 예전의 자신을 잊는 일이다.

몸은 정직하다. 아주 오랜 시간이 흘러도 몸은 끊임없이 위로해 달라고 한다. 강민은 안다. 몸은 억울할 때 가장 고통스럽다는 것을. 친구들과 장난을 치다가 몸이 다칠 때가 있다. 급소를 맞았을 때 느껴지는 날

카로운 통증은 숨을 턱 멎게 만든다. 선생들로부터 단체 기합으로 무릎이 꿇리거나 의자를 들고 서 있어야 할 때 몸이 마비되는 고통은 정신마저 혼미하게 만든다.

하지만 몸은 아픈 기억을 쉽게 잊는다. 상처 난 곳을 보며 그때의 기억을 떠올려도 상황이 생각나지 고통이 생각나는 건 아니다. 아빠로부터 주먹으로 가슴을 맞거나 손바닥으로 뺨을 맞을 때, 불량배들에게 강요당해 편의점을 털다가 주인에게 걸려서 무릎을 꿇고 벌을 설 때의 고통은, 강도로 보면 아무것도 아니지만 억울했던 몸은 미세한 고통까지 하나하나 되살려 상황이 벌어졌던 순간으로 자신을 데려간다. 강민은 몸이 자신을 기억해 달라고 아우성치면 소리라도 질러야, 주먹으로 벽이라도 한 대 쳐야, 길가에 굴러다니는 깡통이라도 우그러뜨려야 한다.

살아남았어.
내가 쓴 기술은 비굴함이었지.
그들이 내게 비굴함을 강요했어.
그래서 그렇게 해 주었다.
원하는 걸 주었어.
대가로 이렇게 살아남았지.
그리고 나는 예전의 내가 아니다.

강민은 커터칼 자국이 남은 손목을 들여다보았다.

16

"최강민, 수업 끝나고 나랑 얘기 좀 하자."

"바빠요."

"그럼 지금은 어떠니? 애들 문제 풀어야 하니까 잠시 나갈래?"

김현주 선생은 조심스럽게 말을 떼었다.

"저도 문제 풀어야죠."

"그래, 하긴……."

강민은 선생의 눈에서 좌절감을 보았다. 고개를 숙이고 문제를 풀었다. 아니, 푸는 척했다. 3번 문제, 형이 학교를 향해 분속 50미터로 걸어간 지 24분 후에 동생이 자전거를 타고 분속 200미터로……, 두 사람이 정문에서 만났다고 할 때 형이 학교 정문에 도착한 시간을 구하라는 문제다. 아니 왜 따로 가서 난리야? 어차피 만날 거면 같이 출발하면 좀 좋아? 4번 문제로 넘어갔다. 어느 학급에서 학생들에게 연필을 나누어 주는데 8자루씩 주면 19자루가 남고 9자루씩 주면 16자루가 부족하다, 머리가 슬슬 아파 온다. 연필 개수 하나 딱딱 못 맞추고 꼭 이렇게 애들피 튀기게 만드는 선생들이 있다.

"어렵니? 도와줄까?"

김현주 선생은 풀이 죽은 모습이다.

"4번 문제 볼까? 연필의 개수를 X, 학생의 수를 Y로 놓자."

"학생을 X로 놓으면 안 돼요?"

"왜?"

"왜 꼭 학생을 Y로 놔야 하는데요?"

"최강민."

"왜요?"

선생의 얼굴에 긴장감이 흐른다.

"아빠한테 또 이르면 되잖아요. 수업 시간에 질문해서 방해한다고."

아이들이 힐끔거리며 낮은 야유 소리를 냈다.

"내가 애니, 이르게?"

"선생님이 애예요, 이르게?"

"정말 할 말 없다. 너란 애는 어떻게……."

"정말 할 말 없다. 선생님이란 사람이 어떻게 저러냐."

"너 학교 선생님한테도 이러니?"

"당연히 안 그러죠."

옆에 있는 애가 끼어든다.

"강민이 선생님들한테 얼마나 예의가 바른데요."

"그런데 나한테는 왜 그러니?"

선생은 빌미를 잡았다는 얼굴이다. 강민은 바로 받아쳤다.

"선생님이 학교 선생님이에요?"

"학교 선생님한테는 그러면 안 되고 학원 선생님한테는 이래도 된다는 거야?"

"빙고!"

"학원 선생님은 무시하는 거니?"

"빙고!"

선생은 거기서 입을 다물었다. 더 말해 봐야 무슨 소용이 있겠는가, 하는 얼굴이다. 두 눈이 말하고 있다. 너 같은 애 한 명을 가르치느니 다른 애들 백 명을 가르치는 게 훨씬 나아, 어떻게 된 애가 이 따위야? 하지만 선생은 입을 꾹 다물고 있다. 다이어리와 지갑이 털린 후 필통만 넣은 가방을 덜렁 들고 오던 선생은 오늘 아예 빈 몸으로 왔다. 강민이 빨간 케첩으로 가방 안을 새콤달콤하게 만든 결과다. 서랍은 여전히 잠긴 채다. 원장은 신경질 난다는 말을 입에 달고 산다. 범인이 나타날 때까지 문을 열지 않겠다고 한다. 강민은 김현주 선생이 자신을 의심하고 있다는 것을 잘 알고 있다. 학생을 의심한다는 소리가 학부형 귀에 들어갈까 봐 묻지 못하고 있는 것이 분명하다. 같은 말이어도 누가 하느냐에 따라 다르다. 며칠 전 원장이 강민을 불렀다.

"꼭 너를 의심해서가 아니라는 걸 일단 말해 두고."

원장은 도망갈 구멍을 미리 만들었다.

"학원에서 자꾸 이상한 일이 일어나서 말이야."

"또 무슨 일 있었어요?"

"두루마리 휴지며 파일이며, 학원 물품에 다 빨간 매직으로 학원 이름을 써 놨더라."

웃음이 났다. 강민이 한 일이 아니다.

"왼손으로 썼는지 글씨도 삐뚤빼뚤하고."

"몰래카메라 있다면서요?"

원장은 느닷없이 정색이다.

"물론 몰래카메라에 다 찍혀 있지. 잡히면 죽는 거야. 지금이라도 자수하면 용서를 받을 테지만."

"그런 얘기를 왜 저한테 하세요?"

"너 혹시 김현주 선생님 싫어하니?"

"실력은 없지만 싫어하지는 않는데요."

강민은 원장의 얼굴에 떠오른 만족스러운 웃음을 보았다.

원장은 선생을 못 믿고 선생은 학생을 못 믿는다. 학생은 선생을 배신하고 선생은 원장을 배신한다. 결국 먹느냐 먹히느냐다. 얼마나 즐겁게 먹고 얼마나 괴로워하면서 먹히느냐, 강민은 이제 원장의 손에 김현주 선생을 넘겼다. 선생이 학원을 관둔다면 완전한 KO패다.

17

“체육 대회 일정이 대폭 축소되었다.”

성원은 아이들을 따라 우, 소리를 냈다. 사실 체육 대회야 어찌되든 상관없다.

“물론 너희들의 건강을 염려하는 부모님들이 몸을 단련시킬 기회를 작정하고 막으신 거다. 남자 농구, 여자 피구는 그대로 진행한다. 오래달리기는 2,000미터에서 1,000미터로 축소, 놋다리밟기, 2인 3각 취소. 체육 선생님들이 건강과는 전혀 상관없다는 주장을 하여 지킨 것이 가장행렬이다. 가장행렬은 반 전체가 참여한다. 어떤 분장을 할 건지 오늘 종례 시간까지 반장이 제출하도록.”

담임이 나가자마자 아이들이 웅성대기 시작했다.

반장, 지희가 교탁으로 나갔다.

“의견들을 말해 봐.”

“코스프레 어때?”

“남장 여자!”

“다른 반에서도 다 생각하는 거 말고 좀 색다른 거 없을까?”

아이들은 그 외에도 결혼식, 장례식, 아줌마 패션 등 여러 가지 의견을 내놓았다. 다들 예상 가능한 것들이다.

“어차피 거기서 거기지 뭐.”

“가장행렬에서 이긴 반에는 피자가 배달된대. 좀 열심히 해 보자.”

지희가 말을 마치자마자 강민이 손을 번쩍 들더니 소리쳤다.

“백설공주와 일곱 난쟁이 그리고 난쟁이 똥자루 어때?”

아이들이 폭소를 터뜨렸다.

“우리 반에 난쟁이 똥자루가 있잖아. 그러니까 가능하지 않겠어?”

지희는 잠시 망설이더니 재미있겠다는 얼굴로 바꾸고 말했다.

“먼저 거수로 결정하자.”

지희의 말에 너도나도 손을 들었다.

“좋아, 결정. 그럼 똥자루는 김준서니까, 백설공주하고 일곱 난쟁이만 누구로 할지 정하면 되겠네.”

당연하다는 투다.

지희 같은 애를 성격이 좋다고 말하지.

성원은 목소리에게 말했다.

성격이 좋다는 건 대체 뭐야?

문제를 일으키지 않는 것.

문제를 일으키지 않으면 문제가 없어지나?

지금 당장에는 편하게 지낼 수 있잖아.

언제 문제가 발생할지 조마조마하지 않겠어?

목소리는 시큰둥하게 대답한다.

학기 초부터 지희는 강민네 애들을 존중하는 느낌을 주었다. 적당한 거리를 유지하면서 자극하지 않으려고 노력하는 모습이 역력했다. 지희의 그런 모습은 반 아이들에게까지 영향을 미쳤다. 성원은 지희가 준서와는 다르다고 생각한다. 준서는 힘 있는 애들을 좋아해서 함께 어울리려고 노력했다. 결국 지금 왕따가 되었다. 한순간에 힘 있는 애들의 친구였다가 장난감으로 전락했다.

무슨 일이 있었던 걸까?

혜진이의 경우처럼 아무 일도 없었을 것이다.

이건 힘 있는 아이들의 지독한 장난에 불과하다. 장난감이 되지 않으려면 지희처럼 적당한 거리를 유지하는 것이 필요하다. 성원은 팔로 턱을 괴고 앉아 지희가 하는 모양을 지켜보았다.

"그러면 다 참석 못 하잖아."

"꼭 다 참석해야 돼?"

"그래야 점수를 더 얻지 않을까?"

"그럼 다른 사람들은 꽃으로 분장하지 뭐. 나무도 좋고."

"근데 똥자루는 누가 들어?"

"힘이 세야 하니까 강민이 들어야지."

"더럽게 왜 나한테 들라고 해?"

말이 끝나자마자 다시 키들거리는 소리.

"자루가 그냥 걸어 다니면 안 되나?"

"오, 그게 더 재밌겠다."

"자루 속에서 걸어 다니려면 힘들지 않겠어?"

"그거야 똥자루 문제고."

준서는 내내 고개를 푹 수그리고 있다. 마치 유령처럼.

"백설공주는 누가 하지?"

"은영이가 자기 시켜 달래."

내가 언제? 하는 소리가 들리고,

"은영이는 안 한대."

내가 언제? 하는 소리가 또 들린다.

그때 혜진이 말했다.

"백설공주와 일곱 난쟁이는 너무 평범하지 않아?"

말을 듣고 보니 그랬다.

"그럼 패러디 해. 난쟁이 똥자루만 그대로 두고!"

다시 토론.

결정된 것이 백설 여우와 일곱 좀비 그리고 난쟁이 똥자루.

지희는 투표를 통해 역할을 결정하자고 했다. 난쟁이 똥자루를 제외한 여덟 명의 이름을 적어서 청소 시간 전까지 달라고 했다.

18

"네 차례야."

마치 아량을 베푸는 태도다.

성원은 강민에게 고개를 끄덕였다.

미쳤구나?

목소리가 말한다.

다들 미쳤잖아. 할 수 없어. 목소리를 지그시 눌러 앉혔다. 이런저런 생각을 할 겨를이 없다. 결론은 하나다. 규칙에 동참하는 것. 규칙을 어긴다면 제3의 미친 예수가 된다. 혜진은 일곱 좀비들 중 한 명으로 선택되었다. 백설 여우는 한지희. 인기 있는 아이들 여덟이 중요한 역할을 맡은 꼴이다. 혜진은 아이들에 의해 지옥을 맛보았고 지금 천국도 맛보고 있다. 성원은 과연 혜진이가 기쁜지 궁금하다.

머리에 하얀 리본을 꽂고 학교에 왔던 혜진이 얼굴에는 죽음의 그림자가 전혀 보이지 않았다. 슬퍼해야 할 때 활짝 웃던 혜진이 낯설었던 것처럼 왕따였음에도 할 말을 똑 부러지게 하거나 지금 인기 있는 아이가 돼서도 크게 웃는 일 없는 모습 또한 낯설다. 혜진이 다음으로 김준서가 미친 예수가 되었다. 준서는 난쟁이 똥자루라는 이름으로 불리고 있다. 아무도 이의를 제기할 수 없다. 그렇게 했다가는 제3의 미친 예수 역할을 해야 한다. 더군다나 혜진이를 왕따시켰을 때와는 다른 분위기다. 남자애들 모르게 여자애들도 이렇게 혜진이를 괴롭혔을까? 준서는 조직적으로 괴롭힘을 당하고 있다.

자루 군을 사랑하는 모임. 일명 '자사모' 카페에 난쟁이 똥자루 김준서를 사랑하는 방법을 올려야 한다. 이름을 밝히는 아이들도 있고 밝히지 않는 아이들도 있다. 중요한 것은 최강민은 알고 있다는 것이다. '사랑 일기' 코너에 가면 '더 새로운 방법으로 자루 군을 기쁘게 해 주자.'라는 공지글이 있다. 매일 한 사람씩 새로운 방법으로 준서를 망가뜨리고 있다.

성원은 지금 자신이 어떤 표정을 짓고 있을지 궁금하다. 다른 애들처럼 즐거운 얼굴을 하고 있을까? 아이들은 정말로 즐기고 있는 걸까? 강민이 자신을 보고 있다. 아니, 반 아이들 모두가 자신을 주시하고 있는 것 같다. 어서 하란 말이야! 눈들이 소리친다. 이제는 모두가 공범이다. 먼저 시작한 사람도 가장 많이 괴롭힌 사람도 누구인지 알 수 없다.

성원은 준서의 사물함을 열었다. 남자애들 사물함은 늘 열려 있다. 여자애들만 자물쇠로 꼭꼭 닫아 두고 다닌다.

책 몇 권, 체육복, 그리고…… 사물함 안쪽에 붙어 있는 사진. 애꾸눈 레슬러 빅마운틴이다. 준서도 레슬링을 보는 구나. 성원은 이름처럼 덩치가 큰 빅마운틴이 산을 등지고 두 주먹을 불끈 쥐어 올리고 있는 사진을 가만히 떼어 냈다. 사진 아래에 'MY DREAM'이라고 써 있다. 그 옆으로 '빅마운틴은 애꾸지만 나는 눈이 두 개다.'라는 문장.

성원은 빅마운틴을 두 동강이 냈다. 머리와 두 팔과 다리가 잘려 나가고 다시 팔과 다리가 토막 났다. 형체가 보이지 않을 때까지 계속 찢고 찢고 찢었다. 그리고 사물함에 골고루 뿌려 주었다. 성원의 허리에 묵직한 머리가 들어온 것이 바로 그때였다. 성원은 비틀거렸다. 머리 임자는 준서였다. 눈에 눈물을 달고 입으로는 씩씩거리면서 조그만 주먹을 꼭 쥐고 있다.

"왜 그래?"

성원이 물었다. 이 말은 오히려 준서가 해야 하는 거 아니야? 그런 생각이 스쳐 가는데 이미 준서는 강민에게 허리를 발로 차여 바닥에 쓰러지고 있다.

"네, 자루 군 허리를 강타당하고 널브러졌습니다. 비굴합니다. 비굴해. 저러다 똥이라도 싸는 게 아닌지 걱정입니다."

누군가 동영상을 찍기 시작했다. 아이들 몇이 더 달라붙었다. 얼굴을 감싸 안고 나동그라진 준서의 몸에 아이들의 주먹과 발길질이 장단을 맞추듯 경쾌하게 쏟아진다. 다른 아이들은 제 할 일을 할 뿐 쳐다보지도 않는다. 간간이 "찌질이 새끼, 쌤통이다." "딱 왕따 캐릭터야." 하는 소리가 들릴 뿐이다.

성원은 움직일 수가 없다. 재미있는 놀이라도 하는 듯 신이 난 모습을 보고 있으니 강민을 벽에 밀어붙이고 발길질하던 형들이 떠오른다.

그때 성원은 멀리서 형들의 모습을 훔쳐보았다.

지금은 가해자가 되었어.

원하지 않은 일들이 자꾸 일어난다.

아무것도 하지 않으면 정말 원하는 게 뭔지 알 수 없어.

성원은 목소리로부터 도망치기 위해 간신히 몸을 움직여 자리를 떴다.

19

준서는 가까운 지하철역 화장실로 갔다. 혹시 쫓아오는 사람이 있을까, 계속 뒤를 힐끔거렸다. 금방이라도 덜미를 붙잡혀 어두운 뒷골목으로 질질 끌려갈 것만 같다. 종종걸음을 쳐서 후다닥 화장실 안으로 들어갔다. 배설물이 그대로 들어 있는 변기가 눈에 들어온다. 다시 나가려는데 인기척이 들렸다.

"아이, 되게 구리네."

"어떤 새끼가 물 안 내렸나 봐. 더러운 놈."

고등학생인 듯한 목소리. 괜히 트집을 잡히느니 조용히 있는 게 상책일 것 같다. 냄새가 점점 더 코를 찔러 온다. 손가락 끝으로 변기 뚜껑을 닫고 물을 내렸다.

"그래서 밟아 줬다는 소리야?"

"밟아만 줬겠냐, 용돈도 좀 얻었지."

"대단한 놈."

저런 소리를 하는 걸 보면 덩치도 크고 힘도 센 놈들일 게 분명하다.

준서는 나가는 걸 포기하고 다시 변기 뚜껑을 올리고 일을 보았다. 변기 안쪽으로 똥이 다닥다닥 붙어 있다. 볼일을 다 보고 바지를 추스리는데 다시 오줌이 마렵다. 지퍼를 내렸다. 오줌은 찔끔찔끔 나온다. 바지에 묻을 것 같아서 엉덩이를 뒤로 뺐다.

오늘 발신 번호 표시 제한으로 온 문자 메시지 열 건은 모두 같은 내용이었다. 아무도 말 걸어 주는 사람 없는 점심시간과 청소 시간, 간간이 핸드폰을 켜 보면 들어와 있는 문자.

너처럼 난쟁이 똥자루인 애는 고추도 작다며? 얼마나 작은지 답신 안 하면 반 애들 보는 앞에서 확인시켜 줄 거야. 물론 여자애들도 다 있는 자리에서. 큭.

준서는 아랫도리를 내려다봤다. 눈물을 흘리는 것처럼 오줌을 똑똑 흘리고 있다. 툭툭 털어 내고 바지를 입었다. 밖으로 나와 옷에 묻은 먼지를 털었다. 바지에는 신발 자국이 찍혀 있다. 손에 물을 묻혀 꼼꼼히 닦아 냈다. 거울에 비친 모습이 참 못나 보인다. 세수를 했다. 화장실에 들어간 형들이 나오는 소리가 들린다. 준서는 눈을 내리 깔고 물을 뚝뚝 흘리면서 밖으로 나왔다. 화장실에서 벗어나 손바닥으로 얼굴을 훔쳤다. 물인지 땀인지 눈물인지 모를 것들이 끈적거리며 범벅이 되어 있다.

지하철을 타고 용수 형이 있는 학교에 갔다. 체육관에 들어서니 여기저기서 공 튕기는 소리가 경쾌하게 울린다. 준서는 눈으로 형을 찾았다. 체육 대회가 코앞으로 다가오는데 공은 손도 못 대게 하니 속이 터진다.

"결국에는 체력이야. 지칠 때까지 뛰고 달리는 거야. 김준서 잘한다. 옳지, 잘해."

입으로만 농구를 가르치며 자기는 의자에 앉아 핸드폰이나 들여다본다. 하지만 진짜 농구 선생에게 배우고 싶다는 소리는 차마 할 수가 없다. 이 정도도 아빠의 설득으로 엄마가 많이 져 준 거라는 걸 안다.

"웬일이야, 기운이 없네?"

"아니야."

준서는 눈도 안 마주치고 대답했다.

"뭔가 있는데?"

용수 형은 재미있다는 얼굴이다. 하긴 형이 심각한 걸 본 기억이 없다.

"형은 키가 작아서 농구 선수 포기한 거야?"

키가 작은 건 집안 내력이다. 큰아버지도 작고 형도 작다. 형이 기술을 가르쳐 주지 않는 이유가 사실은 기술이 없기 때문이 아닐까? 준서는 실력이 없는 거 아니냐는 말을 꾹 삼키고 볼멘소리로 물었다.

"키는 무슨, 농구 같은 거 할 생각도 없었는데."

그러면 왜? 형도 다른 애들에게 꿇리기 싫어서 농구를 했던 거야? 준서는 중학교 때의 형이 지금의 자신과 비슷했을 것 같은 생각이 들었다.

"그때는 참 심각했지. 그래서 농구를 할 수밖에 없었어."

"남자로서의 고민이었겠지?"

"당연하지."

준서는 차마 물어보지 못하고 형의 대답을 기다렸다.

“그녀가 내 인생을 바꿔 놓은 거야.”

“뭐?”

“그녀만 아니었으면 더 좋은 대학에 갈 수도 있었을 거야. 마이클 조던은 여자 친구가 농구 선수에 열광해서 농구 선수가 됐는데, 나는 여자 친구가 농구를 좋아해서 농구 시작했다가 공부도 못하고 이 꼴이 됐다.”

“결국 여자 때문이었다고?”

준서는 어이가 없다.

“조던의 여자 친구는 농구 선수를 좋아했던 거고, 그 애는 순수하게 농구를 좋아했던 거야. 내가 농구를 하건 말건 신경 쓰지 않았는데 완전 헛다리 짚은 거지. 그때는 그녀의 마음을 얻는 게 인생의 목표였어.”

“남자답고 싶어서 농구를 한 게 아니었어?”

“이미 남잔데 왜 남자다워야 돼? 남자답다는 게 뭐냐?”

형은 되물었다.

“강한 거지.”

준서는 대답했다.

“강한 남자만이 미녀를 얻기는 하지. 미녀를 얻기 위해서 농구 연습을 열심히 하도록 하자. 근데 좋아하는 여자애 있냐?”

“없어!”

준서는 소리를 빽 질렀다.

"있구만, 있어."

형은 웃으면서 농구공을 튕겼다.

"오늘부터 공 다루는 훈련을 할 거야. 네가 조그매도 체력 하나는 타고 났더라. 몸에서 나오는 에너지가 아주 폭발적이야."

준서는 자기 손에서 떠난 공이 형의 손에서 춤을 추는 광경을 보았다.

'못하는 줄 알았더니.'

준서의 생각을 읽은 것처럼 형이 대꾸했다.

"몸이 익힌 건 잊혀지지 않는 법이야."

공은 살아 있는 것처럼 바닥을 점프하고 공중에서 원을 그리더니 골대로 다이빙한다. 박수가 절로 나왔다. 형은 공을 드리블해서 준서가 있는 곳까지 왔다.

"앉아. 다리 벌리고."

형이 하라는 대로 했다.

"감각을 느끼는 게 가장 중요해. 손가락 끝으로 공을 느끼면서 드리블해 봐."

"서서 하면 안 돼?"

"앉아서 해. 아기가 어떻게 처음부터 걸어 다니냐."

준서는 드리블을 시작했다. 공이 자꾸 튕겨 나가서 엉덩이가 들썩들썩했다.

"적당한 순간에 공을 놔줘야 해. 어느 정도의 세기로 언제 공을 놔주느냐에 따라 공은 네 것이 될 수도 있고 너한테서 도망갈 수도 있어. 그러니까 말하자면, 여자를 꼬시는 것과 똑같은 이치지. 잘 봐."

형은 준서 앞에 앉았다. 준서는 눈이 번쩍 뜨였다. 형은 공을 탕탕 튕기더니 공중에 붕 띄워 손가락의 힘만으로 다시 살짝 들어 올리고는 검지손가락으로 빙빙 돌리기 시작한다. 그러더니 엉덩이를 들고 일어서서 한 손과 두 손을 번갈아 가며 자유자재로 드리블을 했다. 마치 자석처럼, 커다란 농구공은 형의 손에 달라붙어 살아 있는 것처럼 움직인다.

"그럼, 연습하다 가라."

"벌써 가게?"

"형이 있다고 생각하면 되잖아."

"여자 만나러 가지?"

"그래, 미녀를 쟁취하러 간다."

형이 기술을 가르쳐 준 이유는 연습 시간을 빨리 끝내기 위해서였다. 신이 나서 후다닥 체육관을 빠져나가는 모습이 어린애처럼 보인다. 여자를 좋아하면 기분이 어떨까? 아직까지 한 번도 사랑이라는 걸 해 본 적이 없다. 그런 건 강한 남자가 되고 나서 생각하고 싶다.

준서는 허리를 곧게 펴고 앉아 공에 온 신경을 집중시켰다. 그리고 드리블을 시작했다. 농구공의 딱딱한 감촉이 손가락 끝으로 톡톡 전달된다. 손가락에서 시작된 긴장은 팔로 등으로 옮겨 갔다. 손가락이 마비되는 것 같다. 준서는 속도를 늦추지도 손을 멈추지도 않았다. 시간이 흐르자 팔과 등에 마비가 와 움직이기 힘들었다. 손에서 공이 미끄러져 나갔을 때 팔도 뚝 떨어졌다. 이미 제 것이 아닐 정도로 무감각해진 팔은 곧장 고통을 불러왔다. 그 상태로 벌러덩 드러누웠다. 두들겨 맞은 몸이 차가운 바닥에 다시 한 번 놀란다. 준서는 바로 일어나 자세를 고쳐 잡고 팔이 마비되는 감각을 몇 번이나 느꼈다. 몸을 혹사시키고 나니 마음은 편하다. 농구 대회에서 슛을 날릴 수 없다는 것을 안다. 주전으로도 나갈 수 없을 것이다. 아니, 주전으로 나가지 않는 게 더 낫다. 아무도 공을 패스해 주지 않는데 어떻게 슛을 날리겠는가?

"으아아아아아!"

준서는 길게 소리쳤다. 목소리가 체육관에 울린다. 후다닥 일어서서 농구공을 들고 밖으로 나왔다. 대학생 형과 누나들이 보인다. 안전한 느낌. 준서는 오랜만에 오고 가는 사람들에게 시선을 주었다. 간혹 눈길이 마주쳐도 아무렇지도 않은 듯 스쳐 지나간다. 웃어 주는 사람도 있다. 고개를 숙이고 다닌 지가 오래되었다. 사람들의 눈을 쳐다보지 않은 지가 너무 오래된 느낌이다. 준서는 사물함을 열어 농구공을 넣고 교복을 꺼내 갈아입었다. 그리고 집으로 가는 방향을 가늠해 뛰기 시작했다.

20

"대충 씻고 나오지 못해!"

엄마가 소리친다.

준서는 닦고 닦고 또 닦았다. 아무리 닦아도 몸에서 냄새가 나는 것 같다. 화장실에 오래 있어서 그런가? 땀을 많이 흘려서 그런가? 냄새는 지워지지 않는다.

그건 애들이 너한테 냄새난다고 하기 때문이야. 그렇게 이름이 불리면 냄새란 놈은 딱 달라붙어 떨어지지 않아.

생각이 말했다.

아냐, 진짜 냄새가 나는지도 몰라. 냄새가 없어지면 아이들이 다시 예전처럼 대해 줄지도 몰라. 아무리 생각해도 거짓말 같다. 모든 일이 하루아침에 달라졌다. 준서는 거울을 보고서야 눈물이 떨어지는 것을 알아차렸다. 입술을 깨물어 눈물을 참았다. 수건으로 물기를 닦고 옷을 입고 밖으로 나왔다.

"살가죽 벗겨졌겠다. 평소에는 잘 씻지도 않던 녀석이 웬 바람이 불었어. 여자 친구 생긴 거 아니야?"

엄마는 두 손을 허리에 대고 대답을 들을 태세다.

"어쭈, 이 녀석 옷도 다 갖춰 입고 나왔네."

평소처럼 유머러스하게 대처를 해야 하는데, 준서는 입이 떨어지지 않는다. 허벅지에 생긴 멍이야 운동하다 다쳤다고 하면 된다. 팔뚝에 생긴 것은 여자애가 꼬집었다고 하면 되고. 꼬집혀서 생긴 멍은 맞으니까. 하지만 엄마한테 이런 몸을 보이고 싶지가 않다.

"밥 줘."

고작 그렇게 말했다.

"다 해 놨어. 찌개는 이미 식었고, 고등어도 식었다. 그냥 먹어라."

"네."

"너 철들었니? 존댓말을 다 하고 엄마한테 안 까부네."

엄마는 준서의 엉덩이를 손바닥으로 탁, 친다.

"설거지는 네가 해라."

"네."

"친구랑 싸웠어? 왜 이렇게 기가 죽어 있어?"

"아니야!"

"소리는 왜 질러?"

"엄마가 이상한 소리를 하니까 그러잖아."

"하긴 네가 친구랑 싸워서 기죽을 애는 아니지. 성적이 나빠도 팔팔한 애가 친구랑 싸운다고 기죽겠어. 기가 죽어야 할 때는 안 죽고 안 죽어야 할 때는 죽어요."

"기 안 죽었다니까."

"알았어, 이 녀석아."

엄마는 방으로 들어갔다.

아무것도 먹지 않았는데 배가 고프지 않다. 억지로 수저질을 하다가 관두었다. 재봉틀 소리는 언제 들어도 맹렬하다. 엄마는 아무도 없는 곳에 혼자 앉아서 세상에서 제일 재미있다는 재봉틀을 돌린다. 처음으로 엄마가 부럽다.

텔레비전을 켜고 리모컨 버튼을 눌렀다. 스포츠 채널에서 레슬링 경기가 한창이다. 준서는 빅마운틴 사진이 생각났다. 레슬링 카페에서 어렵게 구한 사진이다. 빅마운틴 같은 레슬러가 되고 싶다고 생각했다. 빅마운틴처럼 정정당당하게 인생을 살고 싶다고 생각했다. 자신의 눈앞에서 아주 쉽게 찢어지고 있던 빅마운틴. 준서는 목소리보다 몸이 먼저 튕겨 나갔다.

네가 뭔데?

생각이 부글부글 소리쳤다.

하지만 강민의 발이 허리에 박혀 왔을 때 준서도 빅마운틴처럼 조용히 쓰러졌다. 왕따는 아이들의 장난감이다. 장난감이 생각대로 움직여주지 않으면 아이들은 화를 낸다. 준서는 아이들이 장난감을 공유하며 음모를 꾸미고 있다는 것을 안다. 핸드폰을 통해 지독한 장난을 즐기고 있을 것이다, 혜진이 때처럼. 괴롭히는 애는 하나지만 그것을 즐기는 애들은 다수다, 혜진이 때처럼. 혜진이도 이렇게 괴로웠을까? 준서는 자신이 가장 중요한 역할을 했음을 잊지 않고 있다.

윤혜진, 이제 너한테 하나도 안 미안하다.

왜?

생각이 묻는다.

나도 왕따를 당하고 있으니까.

혜진이가 그러는 것도 아닌데?

그래도!

미안했던 적이 있기는 했냐?

사실, 기억이 가물가물하다. 즐겼던 것도 같다. 아무튼 준서에게 중요했던 건 강민이었다. 지금은 혜진을 괴롭혔던 것처럼 마지못해서가 아니라 진심으로 그를 괴롭히고 싶다. 무릎을 꿇리고 싹싹 빌게 해 주고 싶다. 혜진이 몫까지 때려 주고 싶다.

혜진이를 괴롭혔던 것도 지금 너를 괴롭히고 있는 것도 강민이라는 건 아니? 걔는 아이들을 모두 꼭두각시로 만들었어. 그중에 최고는 바로 너였지.

그래, 내가 최고의 꼭두각시였어.

준서는 생각을 몰아내기 위해 화면에 집중했다.

챔피언 케리가 나와서 마이크에다 이야기를 한다. 욕을 얼마나 많이 하는지 계속 삑 소리가 난다.

"나는 훌륭하다. 가장 똑똑하고 가장 강하다."

누구보다 비열한 기회주의자지.

준서는 케리를 노려보며 맞받아쳤다.

"경기에서 진 도전자는 케리 님의 똥구멍에 키스할 것을 명령한다. 이 명령을 지킬 것을 약속하는 자만 케리 님에게 도전할 수 있다. 만약, 경기에 지고도 똥구멍에 키스하지 않는다면 케리 님이 선사할 것은 죽음이다."

케리는 관중들의 야유 소리에도 아랑곳하지 않고 환호에 대답하듯 키스를 날리고 있다. 가슴이 뛴다. 과연 누가 도전을 할 것인가. 케리는 분명히 똥구멍에 키스를 시키고야 말 것이다. 힘으로 되지 않는다면 다운된 선수의 얼굴에 올라앉거나 자기편인 선수들을 끌고 와서 강제로라도 시킬 것이다. 그 장면을 상상하는 것만으로도 소름이 끼친다.

"케리에게 도전할 사람이 과연 있을까요? 이러다가 올 한 해 동안 케리가 계속 챔피언 벨트를 거머쥐고 있을 것도 같은데요."

"그렇다면 케리야말로 레슬링 역사상 가장 오래 챔피언 자리에 있는 사람이 되는군요."

해설자들의 말.

아무도 도전하지 않는다면 케리는 계속 챔피언이다. 똥구멍 핥을 것을 각오하고 도전할 수 있는 자는 누구일까? 준서는 빅마운틴을 생각했다. 그는 경기 중에 한쪽 눈을 잃었다. 옷 속에다 쇠붙이를 숨겨 들어온 상대편 선수가 심판이 보지 않을 때 눈을 찌르는 바람에 애꾸가 됐다. 그러고도 빅마운틴은 계속해서 링 위에 섰다. 눈 하나 정도야 자신의 열정을 꺾을 수 없다고 했다.

“나는 반칙하는 사람을 용서하지 않는다. 내 눈을 봐라. 애꾸 챔피언은 레슬링 역사상 단 한 명도 없었다. 이제 레슬링 계의 살아 있는 역사가 만들어질 것이다. 그 어느 것도 나를 무너뜨릴 수는 없다.”

빅마운틴이 즐겨 하는 말이다. 그는 딱 한 번 챔피언이 됐다. 케리와 같은 소속이 아니었을 때였다. 이제 빅마운틴도 케리와 같은 그룹이다. 물론 도전하는 것은 가능하다. 그렇게 된다면 케리는 빅마운틴에게 더 많은 것을 요구할 것이다. 자신이 속한 그룹에서 도전받는 걸 못 견뎌 하는 비겁한 인간이기 때문이다.

관중들은 케리가 이기기를 바라는지도 모른다. 준서는 관중들이 그 끔찍한 광경을 보기를 바랄지도 모른다는 생각이 들었다.

21

"낯이 익은데?"

"어디서 봤더라?"

그놈들이다. 강민은 못 본 척 고개를 돌렸다.

"많이 컸다."

"이제 엄마가 안 데려다 주나 봐."

걸음을 빨리했다.

"어이, 또 보자구. 새끼, 겁은 여전하네."

모퉁이를 돌자마자 뛰기 시작했다. 벌써 일 년도 훨씬 넘은 일이다. 몸은 녀석들을 기억하고 이내 움츠러든다.

"10만원 가져오랬지? 5만원이 뭐야?"

"용서해 주세요."

강민은 자신의 비굴한 목소리를 듣지 않으려고 더 빨리 뛰었다.

"용서해 줄 테니까 무릎 꿇고 대가리 박아."

"용서해 주세요."

웃기지 마. 그 따위 소리 내가 낸 게 아니야.

"용서해 주세요."

용서 못 해! 그건 내가 아니야!

교문이 보이기 시작한다. 강민은 걸음을 늦추며 마음을 진정시켰다.

교실로 들어서려는데 준서가 복도를 어슬렁거리고 있다. 화장실에라도 다녀오는 모양이다.

"어이, 난쟁이 똥자루."

"왜?"

준서는 고개를 들어 힘없이 대꾸한다. 강민은 준서의 머리를 쥐어박았다.

"네 이름이 난쟁이 똥자루냐? 김준서지. 김준서. 너는 네 이름도 몰라?"

"알아."

"잘못했지?"

강민은 윽박질렀다. 준서는 대답이 없다.

"이 자식 이제 대답도 안 하네."

"잘못했어."

"잘못했으면 빌어."

"어떻게?"

준서는 강민을 올려다 본다. 강민은 준서를 교실 구석으로 데려갔다.

"무릎 꿇고 '용서해 주세요.' 하고 빌어."

원망이 가득한 준서의 눈이 금방이라도 폭발할 것 같다.

"자식, 아직 기가 살았네."

강민은 준서의 어깨를 눌러 강제로 무릎을 꿇렸다. 교실로 들어오는 아이들이 호기심 어린 눈을 하며 묻는다.

"왜 그래?"

강민이 대답했다.

"꾸역꾸역 학교 오는 게 미안해서 용서를 빌겠대."

"많이 빌라고 해. 얘 때문에 학교 나오는 게 고통이야, 고통."

"그냥 안 나오면 되지. 비굴하다, 비굴해."

강민은 준서가 입술을 움직거리는 것을 보았다.

"뭐라는 거야?"

"아무것도 아니야."

준서는 고개를 푹 수그렸다.

마치 자신의 모습을 보는 것 같다. 강민은 속이 울렁거린다. 그놈들 앞에서 두들겨 맞고 있을 때 도와주는 사람은 아무도 없었다. 마치 더러운 똥이라도 피하는 것처럼, '너 같은 건 당해도 싸.' 하는 눈으로 아이들은 그렇게 힐끔거리며 지나갔다. 놈들은 알고 있었다. 더 많은 모욕을 줄수록 더 많은 돈이 나온다는 사실을. 그래서 아이들이 많이 지나가는 골목을 골라 실컷 조롱한 후 돈을 빼앗았다. 지금도 마찬가지다. 그 누구도 만류하는 애들이 없다. 아니, 기대에 찬 눈으로 힐끔거리고 있다.

"빨리 빌어!"

강민은 윽박질렀다. 김준서는 아무런 말도 아무런 행동도 하지 않고 무릎을 꿇린 채 앉아 있다. 제자리에 가방을 둔 아이들이 히죽거리며 하나둘 모여들기 시작했다.

"진짜 자존심도 없다."

"나는 부모님 앞에서도 무릎 꿇은 적 없는데."

강민은 허리에 두 손을 얹고 눈에 힘을 주었다.

"귀먹었냐? 귀먹었어?"

무슨 생각을 하는 걸까? 꼼짝도 않는다.

조회 시간이 다가오고 있다. 가만히 지켜보던 아이들이 하나둘 자리를 뜬다. 강민은 아이들의 시선이 부담스러워지기 시작했다. 재미난 일을 기대하던 눈들에 실망의 빛이 스친다. 차라리 대들어라. 강민은 속으로 외쳤다. 그러면 한 방 날리는 것으로 상황을 정리하면 된다.

"저러고 언제까지 있으려나?"

누구에게 한 말이었을까?

강민은 뭔가 액션을 취해야겠다는 생각이 들었다. 준서의 어깨를 발로 찬 것은 생각과 동시에 일어난 일이었다. 꺅, 여자애들 몇이 비명을 질렀다. 두 손으로 얼굴을 가리고 고개를 돌린다.

"좀 심한 거 아니야?"

분명, 강민에게 하는 소리다.

"조용히 해, 들리겠어."

"불쌍하잖아."

준서는 바닥에 나동그라졌다. 아차, 싶다. 이런 걸 원했던 것은 아니었다. 지독한 애로 보일 생각은 없다. 그저 지금처럼 강하고 재미있는 애면 된다. 아이들의 시선이 자기 하나에만 집중되어 있다. 여럿이서 준서를 괴롭힐 때는 아무런 말도 하지 않던 애들이 호기롭게 지껄이며 자리를 피하고 있다. 준서는 바닥에 쓰러진 채 미동도 없다. 시간이 멈춘 것 같다. 멈추어서 무거워진 시간이 온몸을 짓누른다. 여기서 밀리면 약한 애가 되고 더 세게 나가면 잔인한 애가 된다.

"용서해 달라고 말하기 전까지 못 일어난다."

강민은 그렇게 말하고 제자리로 왔다. 준서도 조금 있다가 일어서서 제자리로 가겠지. 그러면 된다.

하지만 조회를 알리는 종이 울리고 나서도 준서는 그 자리에 앉은 채였다. 무릎은 꿇고 있지 않았지만 전혀 움직임이 없다. 강민은 슬슬 불안해지기 시작했다.

"저 녀석, 담임한테 이르려고 수 쓰는 거 아니야?"

"그러면 강민이 완전히 덤탱이 쓰겠네."

아이들이 속삭이는 소리가 들려왔다.

만약, 그렇다면 김준서를 너무 우습게 본 것이다.

강민은 생각했다.

그렇게 된다면 김준서를 가만히 놔두지 않겠다고.

가슴이 두근거린다. 시간은 초침 소리를 요란스럽게 울리며 빠르게 지나간다. 이제 곧 담임이 들어올 것이다. 담임은 반에서 왕따가 일어나고 있다는 사실을 알고 있다. 은영이 엄마에게서 들은 소리를 전해 왔다. 슬슬 재미없어지기도 했고, 은영은 그렇게 말했지만 속으로는 두려워하고 있었다. 은영의 엄마가 담임에게 제안한 것은 교육청에 신고하는 것. 담임은 일이 크게 벌어지기를 바라지 않는다고 했다.

"장난 편지일지도 몰라요. 가해자도, 피해자도 누구인지 적혀 있지 않았습니다."

담임은 그렇게 말했다고 했다. 누가 그런 발칙한 편지를 보냈는지는 모르지만 김준서가 허튼소리를 한다면 자신이 이제껏 왕따를 시킨 가해자가 되고 만다. 일이 크게 벌어지기를 바라지 않는 담임도 자신의 눈으로 사건을 확인한 후에는 가만히 있지 않을 것이다.

'빨리 제자리로 돌아가!'

강민은 고개를 숙이고 흐릿한 형체로 시야에 들어오는 김준서에게 소리쳤다.

그때였다. 앞자리에 앉은 혜진이 벌떡 일어섰다. 혜진은 뒤를 돌더니 뚜벅뚜벅 걷는다. 아무런 표정이 없는 얼굴이다. 일부러 얼굴에서 표정을 지운 것 같다. 혜진이 준서 앞에 선 것과 담임이 들어온 것은 동시에 일어난 일이었다. 강민은 정면만을 노려보았다. 잠시 후 혜진과 준서가 제자리로 돌아가는 모습이 시야에 들어왔다.

아무런 일도 없이 그냥 지나갔다. 혜진에게 고마워해야 하나? 아니면 자신에 대한 도전으로 봐야 하는가? 강민은 혼란스러운 마음을 쓴웃음으로 감췄다.

22

"김현주가 전화했더라."

엄마는 같잖다는 얼굴이다.

"왜요?"

선생은 얼마 전에 학원을 관두었다. 원장은 선생이 유학을 갔다고 했다. 다른 학원으로 유학을 갔겠지, 강민은 속으로 웃었다. 새로 온 선생은 남자다. 박강식. 눈빛이 날카롭고 보통 깐깐한 게 아니다. 강민은 조용히 지내고 있는 중이다.

"내가 교육 좀 시켰어. 글쎄, 어디다 대고 자식 교육 운운하는 건지. 학교 어디 나왔냐고 물으니까, 꼼짝도 못 하던데. 어느 학교 나왔는지 아니?"

"원장님이 명문대 출신이라고 하던데요, 김현주 선생님은 늘 얼버무리고."

"그럴 줄 알았어. 선생들 졸업장을 다 공개해야 한다니까. 어디서 우리 특별한 아들의 장래에 대해 운운해."

"뭐라고 하는데요?"

"머리를 이상한 데 쓴다고 하더라. 그것도 머리가 있으니까 쓰는 거지. 사람 볼 줄 그렇게 모르는 애가 무슨 학생들을 가르쳐."

"맞아요."

강민은 김현주 선생에 대해 갖고 있던 일말의 미안함이 싹 가신다. 만약 이번에도 아빠가 전화를 받았다면 그냥 넘어가지 않았을 것이다.

"한 번만 더 전화하면 경찰에 신고하겠다고 했으니까 다시는 이런 일 없을 거야."

엄마는 마치 강민의 마음을 들여다보는 것처럼 말했다.

"장차 명문대에 갈 귀한 아들인데."

"정말 갈 수 있어요?"

"그럼, 교수 자식이면 들어갈 수 있다니까. 법이 그래요. 어떤 점수로 들어가느냐가 문제지. 아빠 얼굴 생각해서 조금만 더 노력해."

"네."

강민은 학원 가방을 들고 집을 나섰다.

특혜를 받고 태어난 느낌. 자신이 능력이 있는 게 아니라 능력 있는 부모 밑에서 태어났기 때문에 부여된 특혜. 엄마는 곧잘 특별한 아들이라고 말한다. 그 특별한은 뒷말을 수식하는 게 아니다. 앞에 부모를 붙여야 한다. '부모가 특별한' 아들. 어쨌거나 없는 것보다 낫겠지.

자전거를 타고 모퉁이를 돌았다. 불량배들을 만났던 곳이다. 최대한 빨리 페달을 밟았다. 김현주 선생이 없는 학원은 왠지 썰렁한 느낌마저 준다. 박강식 선생은 빈틈이 없다. 매서운 눈빛으로 아이들 하나하나를 바라보며 조그만 소리에도 민감하게 반응한다. 수업 첫날, 선생은 말했다.

"나는 내 교실에서 찍소리도 나는 걸 원하지 않는다. 문제 설명하는 소리, 문제 푸는 소리만 나야 한다. 내 스타일이 마음에 안 들면 학원을 바꿔라."

"질문도 하면 안 돼요?"

강민이 물었다. 선생은 한쪽 눈썹을 기이하게 올리면서 잠시 침묵하더니 말했다.

"어떤 질문이냐에 따라 다르다."

강민은 수업을 열심히 들었다. 오랜만에 공부를 하니 모르는 게 너무 많다. 짜증도 났지만 참았다. 좀이 쑤셔 고개를 들 때마다 박강식 선생과 눈이 마주쳤다. 선생은 팔짱을 끼고 거의 노려보다시피 강민을 보고 있다. 김현주 선생에게 무슨 소리를 들은 게 분명하다.

차라리 잘됐다. 강민은 이참에 착한 학생이 되어 공부를 잘해 볼 결심을 했다.

수업을 마치고 나니 뿌듯한 마음이 들었다. 아이들은 신기한 눈으로 강민을 바라보았다.

"너 되게 열심히 하더라."

"한 마디도 안 하던데."

"선생이 실력이 있잖아."

그렇게 응수하고 자전거를 탔다. 강민은 아이들과 어울려 큰길로 나왔다. 거리는 어둑어둑했다. 아이들과 헤어지고 난 후에는 속도를 늦추며 모퉁이를 돌았다. 시원한 밤바람이 가슴팍에 달려든다. 가끔 이런 기분이 들 때가 있다. 새로운 삶을 사는 것 같은. 강민에게 새로운 삶이란 평화로운 삶이다. 삶은 늘 긴장의 연속이었다. 이제는 공부를 열심히 하고 싶다. 적어도 은영이만큼은 해야 될 것 같다. 무엇이든지 은영이보다 잘하고 싶다. 그래야 무시하지 못할 테니까. 은영이와 키스하는 장면을 생각하니 아랫도리가 묵직해진다. 핸들을 잡은 한 손을 놓았다. 중심을 잃은 자전거가 휘청거린다. 강민은 그런 채로 페달을 밟았다. 자전거가 춤을 추는 것처럼 굴러간다.

가로등이 비치는 골목은 어두웠다. 골목 끄트머리쯤 사람 둘이 보인다. 강민은 자전거를 바로 세웠다. 남녀가 어울려 있는 듯 싶더니 여자는 보이지 않는다. 데이트를 마치고 남자가 여자를 바래다주는 것 같다. 천천히 페달을 밟았다.

남자를 스쳐 지나가는 순간이었다. 강민은 억센 손에 떼밀려 자전거와 함께 나뒹굴었다. 실수가 아니었다. 의도적인 행동이었다. 재빨리 일어서려고 했지만 몸이 말을 듣지 않는다. 다리가 삔 것 같다. 찢어진 바지 사이로 피가 흐르고 있다. 팔에 힘을 주어 중심을 잡고 일어서려는데 허리에 발이 꽂혀 왔다. 축구화를 신은 발이었다. 강민은 축구공이 되어 이리저리 차였다.

"그만해."

속삭이는 소리. 낯익은 여자의 목소리다. 고개를 돌리고 보려는데 다시 주먹이 날아온다. 사내는 침을 퉤, 뱉더니 다시 한 번 발을 내지르고 사라졌다. 여자의 웃음소리가 낮게 깔린다.

움직일 수가 없다. 두들겨 맞은 몸이 쑤시기 시작한다. 고통은 뼛속으로 쏙쏙 파고든다. 집이 가깝다는 것이 더 낭패다. 아는 사람이라도 봤다가는 큰일이다. 핸드폰이 울렸다. 엄마다.

"올 시간이 지나서, 뭐하니?"

"집 근처예요. 금방 가요."

"알았다."

아무 말도 하지 못했다. 특별한 아들이 이런 처참한 꼴을 당한 걸 보면 초등학교 때의 기억을 꺼낼 게 뻔하다.

"차라리 때리고 와! 뒷수습은 얼마든지 해 줄 테니까!"

엄마는 그때 분명히 병신이라고 말했다.

"아빠가 아시는 날에는 진짜 병신 될 줄 알아. 집에서 눈물이라도 보이는 날에는 아빠가 너한테 손대기 전에 내가 먼저 병신으로 만들어 줄 거야. 이 병신 같은 놈아!"

특별한 아들이 다시 병신으로 돌아가는 건 죽어도 싫다.

자전거를 일으켜 세우고 바닥에 뒹굴고 있는 학원 가방을 주워들었다. 시큼한 냄새가 코를 찌른다. 가방 안을 들여다보니 케첩이 범벅 되어 있다. 김현주! 김현주! 강민은 이를 악물었다. 똑같이 복수를 했다는 거군.

자기 힘으로 안 되니까 남자 친구까지 동원해서 나를 밟은 거야.

"최강민, 밤길 조심해."

선생의 마지막 인사였다. 경찰에 신고하면 어떻게 될까? 증거가 없잖아. 선생의 핸드폰 번호를 눌렀다. 결번으로 나온다. 번호까지 바꾸면서 이런 야비한 짓을 하다니. 강민은 어떻게 하면 선생을 찾아낼 수 있을지 생각하다가 저도 모르게 대문에 서서 벨을 눌렀다.

자전거를 세워 놓고 집 안으로 들어갔다. 엄마가 깜짝 놀라는 얼굴로 입에 손을 갖다 댄다.

"아빠 샤워하고 계서, 얼른 방으로 들어가서 씻고 옷 갈아입어라."

강민은 대답도 할 겨를도 없이 제 방으로 들어갔다. 가슴이 두근거린다. 아빠가 이 꼴을 본다면 또 주먹이 날아올 것이다. 말보다 주먹이 앞서는 건 사내답게 키워야 한다는 아빠의 교육법이다.

"사내는 계집애들처럼 짱알짱알대는 게 아니야. 때로는 주먹 한 방으로 상대방을 제압시킬 수 있어야 해. 폭력을 무서워하면 폭력에 굴복하고 만다."

아빠의 교육법은 강민에게는 통하지 않았다. 강민은 어렸을 적부터 맞고 자랐음에도 불구하고 여전히 폭력이 두렵다. 맞는다는 게 어떤 건지 너무 잘 알고 있다. 한 대 맞을 때마다 과거에 맞았던 고통까지 한꺼번에 달려든다. 아니, 맞기 전에 이미 맞고 있다.

"설마 하나밖에 없는 아들인데 미워서 때리시겠니?"

엄마는 어쩔 수 없다는 태도였다. 그나마 중학생이 되면서 맞는 일이 많이 줄었다. 엄마가 못마땅한 태도를 보이기 시작한 건 아빠가 이미 조금은 변하고 나서부터다.

강민은 가방부터 치웠다. 시큼한 냄새가 나는 가방을 쇼핑백에 넣고 스테이플러로 찍었다. 내일 학교 가는 길에 버릴 생각이다. 간신히 샤워를 마치고 상처에 밴드를 붙인 후 옷을 갈아입었다. 다행히 얼굴은 맞지 않았다. 거실로 나와 텔레비전을 보는 아빠한테 인사를 하고 다시 방으로 들어오는데 엄마가 따라 들어왔다. 궁금한 얼굴이다.

"자전거 타고 묘기하다가 넘어졌어."

완전히는 믿지 않는 얼굴.

"그럴 줄 알았어. 조심해서 다녀야지. 쉬어라."

더 무슨 소리를 할까 오히려 지레 겁을 내는 것처럼 엄마는 서둘러 일어나 나갔다.

23

아이들은 고의적으로 준서에게 공을 패스해 주지 않았다.

어쩔 수 없는 경우에만 공을 건네주었다. 준서가 옆으로 붙으면, "냄새난다. 꺼지랬지.", "난쟁이 똥자루 자식." 하는 말도 잊지 않았다. 성원은 담임에게 찍히지 않을 정도로만 뛰어다녔다. 여자애들이 꽥꽥 소리 지르면서 응원 연습을 해대는 바람에 더 정신이 없어서 한 골밖에 못 넣었다. 담임은 호루라기를 불며 경기 종료를 알렸다.

"생각보다 별로네. 연습은 열심히 하는 것 같더니."

성원은 아이들 뒤에 섰다. 주전으로만 안 뽑히면 된다.

"최강민."

"네."

"그래서 센터 하겠어? 왜 그렇게 빌빌대?"

"몸이 좀 안 좋습니다."

"왜 안 좋아?"

다그치는 투다.

"경기에는 나갈 수 있겠나?"

"낼이면 낫습니다."

담임은 의심스럽다는 듯이 한숨을 쉬더니 강민을 포함한 다섯 명의 주전 선수 명단을 불렀다.

성원은 저도 모르게 환호성을 질렀다.

"주전 안 하는 게 그렇게 좋아?"

"아니에요."

성원은 순식간에 얼굴이 빨개졌다. 담임은 그 모습을 보더니 한참을 웃는다. 아이들도 돌아보며 웃었다.

"계집애가 따로 없군."

성원은 얼른 고개를 숙였다.

"내일은 3반과 예선전이다. 후보 선수들도 만일에 대비해서 한 사람도 빠짐없이 참석하도록 한다."

담임은 말을 마치고 간식을 준 뒤 체육관을 나갔다.

강민은 작전 회의를 한다면서 주전 선수들을 따로 몰고 갔다.

"후보들은 왜 빼는 거야?"

"주전이 빠지면 후보가 해야 하는 거 아니야? 근데 작전 몰라도 돼?"

"완전 투명인간 된 기분이네."

아이들이 한마디씩 했다. 성원과 준서만 잠자코 있다.

간식을 먹은 아이들은 빵 봉지와 깡통을 바닥에 버리며 일어섰다.

"자루 군이 치워."

"너네가 치워."

준서는 들릴락 말락 한 목소리로 말했다.

"뭐라고?"

"……."

"왜 그래?"

"이 새끼가 지금 뭐라고 했거든."

"야, 그냥 가자."

성원은 앞장서서 걸었다. 준서는 주전 아이들과 멀리 떨어진 자리에 혼자 앉아 있다. 차라리 후보로 뽑히길 잘했지. 준서 정도의 실력으로 주전으로 뽑힐 수도 없지만 애들하고 부딪치다 보면 괴롭힘만 당한다. 성원은 준서가 단 한 번도 연습을 거른 적이 없다는 게 신기할 뿐이다. 담임이 없을 때 준서는 아예 끼지도 못한다. 그래도 마치 누가 보고 있는 것처럼 열심히 드리블이며 점프 연습을 했던 준서는 어쩌면 조금은 서운한지도 모르겠다.

혜진이를 괴롭힐 때는 그렇게 한심해 보였던 놈이 요즘에는 답답해 보인다.

'자사모'에는 준서가 어떤 괴롭힘을 당하고 있는지, 어떤 반응을 보이고 있는지 자세히 쓰여 있다. 어떻게 알았는지 여자애들도 자사모에 들어와 댓글을 남기고 있다. 심지어는 일원으로 끼워 달라는 애들도 있다. 모두들 즐기고 있다. 하지만 정말 즐거운 걸까?

강민에게 무릎이 꿇린 채 앉아 있던 준서를 데리고 들어온 건 혜진이었다. 아무도 혜진에게 뭐라고 하지 않았다. 잘했다는 소리도 하지 않지만 잘난 척한다는 말도 없었다. 잘난 척이야말로 혜진의 대명사였다. 혜진이 왕따가 아니기 때문에 이제는 튀는 행동을 해도 괜찮은 걸까? 왕따는 '주홍 글씨'다. 한번 왕따라고 찍히면 어떠한 말이나 행동도 모두 왕따의 이유가 된다. 왕따가 되고 싶은 사람은 아무도 없다. 하지만 왕따는 존재한다. 왕따가 없다면 왕따가 될 걸 걱정할 일이 뭐가 있겠는가.

왕따를 없애면 되겠네.

목소리가 말한다.

꿈 같은 소리. 그렇게 용감한 사람은 없어. 또 한 사람이 돕는다고 해서 어떻게 왕따가 아닐까. 왕따와 가깝게 지내는 사람도 반드시 왕따가 돼. 더 불행한 건 왕따는 바뀐다는 거야. 왕따를 돕다가 자신만 왕따가 되면 얼마나 억울하겠어.

왕따를 시키는 애만 빼고 다 왕따와 친구를 한다면?

그렇다면 왕따를 시키는 애가 왕따가 되는 거지.

왕따를 돕고 싶어 하는 사람이 설마 왕따를 시킬까.

어쨌든 왕따는 없어지지 않아. 왕따를 시킨 애들이 마음이 바뀌면 왕따가 또 바뀔 뿐이지.

전부는 아닐 것이다. 하지만 성원은 준서를 괴롭히는 아이들의 악의적인 웃음을 보았다. 역시 즐기는 애들이 더 많다. 왕따를 시키는 애만 빼고 다 왕따와 친구가 된다는 건 만화 속에서나 가능한 일이다.

오늘 준서를 '사랑'해 줄 아이는 죽음의 메시지를 보내겠다고 했다. 자사모를 통해 더 악의적인 방법들이 연구되고 있다.

24

“강력한 로킥, 일단 더블 카운트가 들어가 있습니다. 충격을 받은 상태이고요.”

느닷없이 채널이 돌아갔다. 누나다.

“야만인!”

“아유, 잘 돌렸다. 정신이 하나도 없더니.”

부엌에 있던 엄마가 맞장구를 친다.

화면에서는 아줌마들이 찻집에 둘러앉아 수다를 떨고 있다.

“재미없어. 저런 건 만날 보는 거잖아.”

“어디서 만날 보니?”

“엄마가 밤마다 하는 거잖아. 전화통 붙잡고. 누구네 아빠가 바람이 났고, 누구네 엄마가 수술을 했고, 누구네 애가 사고를 쳤고.”

“얘, 박성원! 내가 언제 그랬어?”

엄마가 소리친다.

성원은 재빨리 리모컨을 뺏어서 레슬링 채널로 돌렸다. 빅마운틴과

코지가 링 위에 등장하고 있다.

"남자들은 너무 폭력적이야. 그렇지, 엄마?"

"무식해서 그래. 아빠한테는 말하지 마라."

엄마는 재미있다는 듯 웃는다.

"레슬링에는 인생이 있단 말이야."

성원의 말에, "저 배우 누구니?" 누나가 묻는다.

"배우 아니야. 레슬러야."

"아무튼 저 금발머리 남자 말이야."

성원은 손가락으로 제 코를 가리켰다.

"긴 속눈썹하며, 균형 잡힌 몸매, 배에 왕 자까지. 야, 이름이 뭐냐니까!"

"누나, 이게 뭐야?"

"코지."

"그게 이름이야. 이름도 이상하고 성격도 이상해."

누나는 수선을 떨며 엄마를 부른다. 엄마는 뒤집개를 든 채로 텔레비전 앞으로 왔다.

"엄마, 너무 멋있지? 꼭 동화 속에 나오는 왕자님 같지 않아?"

"그러게. 저렇게 잘생긴 사람이 왜 저런 걸 하고 있다니."

"어머머, 어떡해. 너무 아프겠다. 아유, 가여워. 저 나쁜 놈이 아름다운 머리카락을 다 쥐어뜯네."

"머리카락 잡는 건 반칙 아니야. 그리고 코지가 악역이야. 이따 봐. 재

반칙 써."

"시끄러워."

누나는 넋이 나간 표정이다. 엄마 얼굴도 장난이 아니다.

"빅마운틴이 좋은 사람이라니까."

"애꾸는 사절한다."

성원은 더 말해 봐야 소용이 없을 것 같아서 잠자코 있었다. 폭력이 어쩌고저쩌고 하더니 텔레비전으로 들어갈 태세다.

코지는 반칙을 했는데도 졌다. 누나는 잘생긴 사람한테 좋은 역할을 주지 않은 작가들을 원망하며 자리에서 일어났다. 레슬링은 영화처럼 거짓말이 아니다. 영화에서는 배우들이 입으로 대사를 읊으며 연기를 하지만 레슬러들은 몸으로 연기를 해야 한다. 배우들은 머리로 대사를 외우지만 레슬러들은 몸으로 대사를 외워야 한다. 체력과 기술이 바로 레슬러들의 대사다. 작가가 아무리 근사한 대본을 써 주어도 체력과 기술이 되지 않으면 레슬러들은 연기를 할 수가 없다.

코지 같은 레슬러가 화려함으로 승부하려는 것도 대사가 되지 않기 때문이다. 코지는 롱코트를 입고 선글라스를 끼고 등장할 때가 많은데 오늘도 여자들이나 입는 자줏빛 나팔바지를 입고 머리를 치렁치렁하게 하고 나왔다. 그러니 자꾸 머리채를 휘어잡힐 수밖에 없다.

케리가 반칙을 하는 것도 대사가 안 되기 때문이다. 그러니까 작가는 할 수 없이 반칙이라는 편법을 준다. 빅마운틴은 대사가 되기 때문에 다른 것에 신경 쓰지 않는다. 눈이 애꾸여도, 머리카락이 하나도 없어도, 팬츠 하나만 입고 나와도 링 위에서는 가장 빛이 난다. 빅마운틴은 챔피언 벨트를 한 손에 쥐고 마이크를 잡으며 여유 있게 관중을 둘러보고 있다.

"케리가 나한테 말했다. 이번 경기에서 내가 우승할 거야. 그러면 네가 링 위에 올라와서 상대 선수를 내 엉덩이에 박아 줘."

야유 소리가 떠나갈 듯하다.

"나 빅마운틴이 가장 싫어하는 건 반칙이다. 케리가 가지고 있는 기술은 반칙밖에 없다. 빅마운틴이 말한다. 내가 케리에게 도전한다. 빅마운틴이 이기면 케리는 소속사를 떠나라. 도전을 받아들이지 않는다면 진 것으로 생각하겠다."

그때 효과음이 쾅쾅 울리며 케리가 링 위로 올라왔다.

"챔피언 케리는 언제든지 도전받을 준비가 돼 있다. 그리고 엉덩이도 준비돼 있다. 한쪽 눈이 없어도 내 똥구멍에 조준은 잘 할 수 있겠지."

빅마운틴이 케리의 머리통을 후려친다. 케리는 휘청하더니 그대로 갚아 주었다. 경기 예고편처럼 그렇게 끝나려니 했다.

그런데 케리가 마이크를 쥐었다.

"언제든 도전받을 준비가 되어 있다고? 그럼 지금 해 보시지, 애꾸 녀석아!"

그래서 경기는 다시 시작되었다.

성원은 리모컨을 꼭 쥐었다. 손에 땀이 찬다. 이렇게까지 가슴을 졸이며 경기를 본 적이 없다.

왜지?

빅마운틴 때문이다. 준서는 빅마운틴이 자신의 꿈이라고 했다. 조그만 녀석이 거인같이 큰 빅마운틴이 되고 싶어 한다. 지금 준서도 숨을 죽이며 빅마운틴이 이기기를 응원하고 있을 것이다.

하지만 빅마운틴은 경기를 마친 지 얼마 되지 않았다. 케리를 이길 수 없다. 시작부터 잘못된 경기다. 역시 빅마운틴은 기술 한 번 부리지 못하고 빠르게 지쳐 갔다. 케리는 허리춤에서 뭔가를 꺼내더니 장갑을 낀 손에 넣었다. 쇠붙이일 것이다. 케리는 로프반동으로 빅마운틴을 쓰러뜨리더니 장갑 낀 손으로 얼굴을 강타한다. 빅마운틴의 충혈된 애꾸눈이 튀어나올 것만 같다. 입을 커다랗게 벌리고 비명을 지른다. 얼굴도 점점 더 시뻘게진다. 심판이 다가왔다. 케리는 심판을 위협하고는 계속 얼굴을 찍어 눌렀다.

원, 투, 쓰리.

빅마운틴의 것이었던 챔피언 벨트가 이미 챔피언인 케리에게 주어졌다. 케리는 벨트를 입으로 물고 흔든다. 관중들의 야유 소리에도 아랑곳하지 않는다. 오히려 두 팔을 흔들며 기뻐한다. 챔피언을 축하하는 음악이 멈추자 관중석에는 무거운 침묵이 감돌았다. 모두들 끔찍한 장면이 연출되기를 기다리고 있다.

케리는 바지를 내려 엉덩이를 깠다. 화면 가득 허연 엉덩이가 클로우즈업된다. 빅마운틴은 널브러져 있는 상태다. 케리는 오리걸음으로 빅마운틴에게 다가가 춤을 추는 것처럼 엉덩이를 흔들어 대더니 점프한다. 엉덩이는 빅마운틴의 얼굴에 정확히 떨어졌다. 케리는 엉덩이를 비비며 좋아한다.

준서는 지금 어떤 기분일까?

자신이 좋아하는 레슬러가 무참히 짓밟혔다.

하지만 모두가 침묵할 때 빅마운틴만이 용감하게 싸웠다.

그것으로 만족하고 있을까?

25

준서는 배가 살살 아파 왔다.

먹은 것도 없는데.

먹은 게 없어서 아플 수도 있어.

생각이 대답한다.

먹으면 체할 것 같으니까 그렇지.

오늘은 또 무슨 일을 당할까?

아이들은 변함없이 빈정거리며 기분 나쁘게 키득거린다. 하지만 아침에 일어나서 단 한 번도 기대를 품지 않은 적이 없다. 혜진의 경우처럼 어느 날 느닷없이 끝나 있는 건 아닐까? 학교에 갔는데 아이들이 친한 척을 해 오지 않을까?

왕따가 다른 애가 되어 있다면 어떻게 할 거야? 예전처럼 또 왕따시킬 거니?

아니!

정말?

준서는 옷장 속에 숨겨 둔 교과서를 꺼냈다. 사물함은 안 열어 본 지 꽤 됐다. 국어 교과서 표지에 붉은색 사인펜으로 써 있는 글씨.

언제 죽을 거니?

눈물이 뚝 떨어진다.

"뭐 하고 있어?"

엄마가 방문을 열며 소리친다.

준서는 얼른 교과서를 가방에 넣었다. 무슨 말이건 해야겠다는 것이, "배 아파." 소리였다.

"왜 아침부터 꾀병이야?"

"머리도 아프고."

"기운이 없어 보이기는 하는데."

엄마가 이마를 짚는다.

"진짜 열이 있네. 누워 봐."

준서는 가방을 한쪽으로 밀어 두고 누웠다. 엄마가 배를 문지른다. 편안해서 잠이 올 것 같다. 제대로 잠을 못 잔 지가 오래되었다.

"아파, 살살해."

"선생님한테 전화할 테니까 결석할래? 오후에 가든지."

"그래도 괜찮아?"

"건강이 먼저지, 인마."

엄마는 때리는 시늉을 한다.

"아니야, 갈래."

준서는 가방을 둘러메고 일어섰다.

"괜찮겠어? 아프면 조퇴해. 엄마가 맛있는 거 해 줄게."

"해 주지 말고 시켜 줘."

"너 엄마가 해 주는 거 맛없어서 그러지?"

"엄마 힘들까 봐."

말이 심각한 투로 나와 버렸다.

"너 요즘에 진짜 철드나 보다. 농구하더니 키도 큰 것 같고. 잘 갔다 와. 아프면 전화하고."

준서는 현관문을 닫았다. 계단을 올라가야 1층이다. 아빠와 엄마는 3년 전부터 지상에 있는 집으로 이사 가는 것이 목표다.

"내년 봄에는 정말 갈 수 있으니까 조금만 참아."

책상에 앉으면 창문으로 지나가는 사람들의 발이 보인다. 엄마는 커튼을 해서 달아 주겠다고 했지만 준서는 발을 보며 사람들을 상상하는 게 재미있어서 그냥 두라고 했다. 사람들은 신발도 가지각색으로 신고 걸음도 다양하게 걷는다. 엄마는 미안하다는 말을 몇 번이나 했다. 할머니 병원비 때문에 지하로 이사 오게 되어서 미안한가 보다, 라고만 생각했다.

준서는 집을 나서면서 엄마가 작업실로 사용하는 방 쪽을 내려다봤다. 바닥에 붙은 창문은 30센티미터 자를 가로로 뉘여 놓은 것 같다.

저 아래서 하루 종일 옷감을 오리고 박으려면 얼마나 답답할까? 먼지는 얼마나 많이 마셔야 할까? 준서는 그제야 깨달았다. 이사 와서 가장 고통스러운 건 엄마다. 엄마는 자신이 느끼는 고통의 무게로 준서를 가늠하고 있었던 것이다. 재봉틀 돌리는 일이 가장 재미있다는 건 거짓말일지도 모른다. 엄마는 아빠가 미안하다는 말을 할까 봐 일부러 일을 열심히 하는 것도 같다. 그런 엄마에게 준서는 아무 말도 할 수가 없다.

공부도 못하는 자식.

왕따 자식.

준서는 생각했다. 왕따를 당하고 있는 것만큼은 어떻게 해서든 숨겨야 한다.

학교가 보이자 가슴이 뛰기 시작한다.

심장 속에 들어 있는 모난 돌들이 미친 듯이 날뛴다. 그날 일이 생각난다. 혜진은 무릎을 꿇고 앉아 있는 준서에게 손을 내밀었다. 준서는 하얗고 조그만 손을 바라보다가 용기를 내어 고개를 들었다.

"꼬붕 새끼."

혜진은 언젠가처럼 차갑게 말했다. 하지만 눈은 왠지 다정해 보이는 것 같았다. 준서가 망설이다가 용기를 내어 손을 잡으려는 순간, 혜진은 팔짱을 끼어 버렸다. 준서는 한 팔을 내민 채 엉거주춤한 자세가 되어 일어났다. 혜진에게 고마웠다. '용서해 주세요.' 소리는 죽어도 할 수 없었다. 강민에게 잘 보이려고 노력해 왔다. 하지만 이제는 안다. 어떠한 용서를 빌어도 강민은 괴롭히는 일을 멈추지 않을 것이다. 아니, 강도만 더 세지겠지. 그렇다면, 적어도 죽지 않을 거라면 죽을 것 같은 짓은 하고 싶지 않았다. 아이들이 둘러서서 보고 있었다. 둘만 있는 자리였다면 용서를 빌었을지도 모른다.

언제쯤 일어서야 할까?

시간은 흘러가고 번번이 일어설 기회를 놓치고 있었다. 일을 크게 만들고 싶지 않았다. 만약 혜진이 와 주지 않았다면 어떻게 됐을까? 그래도 담임에게 사실대로 말하지는 못했을 것 같다. 대충 얼버무리고 자리로 왔겠지.

왜? 무엇 때문에 맞서지 못하는 거야?

왜? 무엇 때문에 사실을 알리지 못하는 거야?

맞서 봤자 변하는 건 아무것도 없다. 사실을 밝혀 봤자 바뀌는 건 아무것도 없어. 문제는 용기다. 가슴속에서는 분노가 부글부글 끓고 있는데 목소리가 나오지 않는다. 입에 재갈이 물린 채로 온몸이 꽁꽁 묶여 버린 것 같다.

하루를 보낼 일이 지옥이다. 뒷걸음질 치는 다리를 붙들어 억지로 교실로 갔다.

"저 새끼 또 왔어."

"목숨도 질겨요."

아무것도 변하지 않았다. 자리로 가서 앉았다.

"또 안 씻었니? 아유, 냄새나."

옆에 앉은 놈이 지껄인다. 예전에는 준서 앞에서 빌빌거리며 눈치를 보던 애다. 이 녀석 정도면 한판 붙어도 이길 자신이 있다.

"뭘 봐, 자루 군?"

난쟁이 똥자루인 준서는 이제 아무하고도 싸울 수가 없다. 눈을 내리깔았다. 누군가가 머리를 치고 지나간다.

너도 지옥이었지?

준서는 고개를 돌려 혜진을 바라봤다. 눈이 마주쳤다. 그때도 저런 눈이었는데.

너는 왜 나한테 그런 말을 했어?

혜진이 대신 생각이 대답한다.

꼬붕한테 꼬붕이라고 한 게 뭐 잘못됐니?

왜? 나는 강민한테 당하고만 있는데.

그러니까 꼬붕이지.

너도 당했잖아. 너도 꼬붕이야.

아니, 나는 아무것도 인정하지 않았어.

그럼 내가 지금 왕따라는 걸 인정하고 있다는 거야?

혜진이 고개를 돌린다.

너는 나처럼 심하게 당하지 않았어. 그래서 내 마음을 모르는 거야. 한 사람이라도 다가와 주면 좋겠어. 그러면 이렇게 비참하지는 않을 텐데. 애들한테 두들겨 맞아도 손을 내밀며 위로해 줄 한 사람이 있다면 맞는 것도 괜찮아.

준서는 그게 혜진이어도 좋겠다는 생각을 했다.

뻔뻔스러워라. 그렇게 괴롭혀 놓고 도와줬으면 좋겠다는 거야?

하긴…….

준서는 쪽지를 썼다.

제발 한 번만…….

자리에서 일어섰다.

혜진에게 쪽지를 건넸다. 아이들 사이로 지나갈 때마다 몸이 찌부러드는 느낌이다. 누군가 발을 걸까 봐 신경이 쓰인다. 어쩌다 눈이 마주친 아이들은 바로 고개를 돌린다. 그리고 웃는다.

모두들 네 욕을 하고 있어.

생각이 머리를 통째로 먹어 버린다.

교실을 나가면서 흘낏 뒤를 돌아보았다. 혜진은 그대로 앉아 있다. 그러면 그렇지. 하나, 둘, 셋…… 숫자를 세면서 계단을 천천히 올라갔다. 옥상으로 통하는 문은 열려 있었다. 그 앞에 앉았다. 무릎이 꿇렸을 때 보았던 혜진의 얼굴은 착각이었다. 착각하고 싶어서 한 착각. 혜진이 올 리가 없다. 준서는 비실비실 웃음이 나왔다. 이대로 미쳐도 좋겠다는 생각을 했다.

도대체 윤혜진한테 뭘 원했던 거야?

그냥 사과하고 싶었어.

그것뿐이야?

그럼 여자한테 뭘 원하겠어?

조회 시간은 이미 끝났다.

학교에서 이렇게 편한 기분을 느껴 보았던 게 언제였을까? 준서는 일어서서 뒤를 돌았다. 새로운 세계가 펼쳐져 있을 것 같은 기분. 문을 열고 들어갔다. 가슴이 탁 트인다. 본관 건물과 운동장, 차들이 빼곡하게 들어찬 주차장이 조그맣게 내려다보인다. 준서는 햇볕이 안 드는 곳을 골라 다리를 쭉 펴고 앉았다.

담임이 물으면 아이들이 뭐라고 대답할까? 어쩌면 담임조차 자신이 없는 줄 모를 것 같다.

'언제 죽을 거니?'

아이들의 목소리가 귀에 윙윙거린다.

고추가 얼마나 작은지 가르쳐 주지 않으면 여자애들이 다 있는 앞에서 보여 줘야 할 거야.

규칙적으로 들어오던 메시지.

그리고 체육 대회 때는 전교생이 보는 앞에서 자루에 들어가 뒤뚱거리며 걸어야 한다. 아마 강민은 발로 툭툭 차며 키득거릴 것이다. 앞으로 당할 일들을 생각하면 죽고만 싶다. 지금껏 당한 일들만으로도 충분히 죽고 싶다.

"왜, 죽으려고?"

준서는 부신 눈을 겨우 떴다. 잠이 들었던 모양이다. 몽롱하다.

"2교시 영어야. 담임인데 들어가야 할걸."

"안 오는 줄 알았어."

"안 오면? 평생 기다리려고 했어?"

"미안해. 너 괴롭힌 거. 그 말하려고 했어."

"대책 없는 놈."

혜진은 앞장서서 걸었다. 준서도 일어섰다. 옥상 문을 열던 혜진이 뒤를 본다.

"내가 무슨 생각하면서 견뎠는 줄 아니?"

"글쎄, 예수님 생각?"

"물론 예수님의 고난을 생각하며 많이 참았지."

준서는 이런 식의 혜진의 말이 이제 농담으로 들리지 않는다.

"한판의 연극이다. 모두가 다 연극이야. 아무리 연기를 잘해도 시간이 흐르면 배우는 무대에서 내려오게 되어 있어. 연극은 끝나게 되어 있다."

준서는 혜진을 향해 쏟아지는 햇볕이 무대의 조명처럼 느껴졌다.

"그리고 나는 너를 용서했다. 원수를 사랑하라. 예수님의 말씀이지. 하지만 잊지 마. 너는 내 원수였다는 사실."

혜진은 햇살이 막혀 버려 어두컴컴해진 계단을 빠른 걸음으로 내려갔다.

'정말 미안해.'

준서는 마음으로 한 번 더 말했다.

26

쓰러지고

발로 짓밟히고

사람들이 병신이라고 손가락질을 해도

절대로

나는 링 위를 떠나지 않는다.

링은 나를 위해서 존재한다.

나는 빅마운틴이다.

케리의 엉덩이에 무참하게 얼굴이 깔린 빅마운틴이 생각난다. 준서는 그 장면을 보며 불끈 쥔 주먹으로 방바닥을 내리쳤다. 예상치 못했던 일은 아니지만 케리의 반칙을 정정당당한 방법으로 멋지게 꺾지 않을까 기대를 했다. 지금 빅마운틴은 소속사를 떠나는 고별 무대를 하고 있다. 화면은 빅마운틴이 활약했던 장면들을 보여 주고 있다. 그의 말처럼 다시 돌아올 것이다. 그리고 돌아왔을 때는 그 누구보다 강해져 있을 것이다. 빅마운틴이니까. 비열한 챔피언 케리에게 맞선 사람은 빅마운틴뿐이다. 빅마운틴은 죽지 않는다.

준서는 링 위에 자신을 올려놓았다. 그리고 옆에는 강민이 있다. 챔피언은 강민이다. 강민은 손가락을 까딱하며 준서를 부른다. 준서는 잔뜩 겁에 질려 강민 앞에 선다. 강민은 빈정거리면서 준서의 따귀를 올려붙인다. 그리고 발로 차서 쓰러뜨린 후 엉덩이로 얼굴을 깔고 앉는다.

관중들은?

웃고 있다. 강민은 엉덩이를 비벼 댄다. 사람들을 웃기는 방법을 알고 있는 것이다.

"차라리 죽지 그래?"

관중들이 소리친다.

죽을까? 죽으면 다시 살아날까?

하지만 이건 연극이 아니다. 혜진의 말처럼 언젠가는 막이 내려지는 연극이 아니야. 그런 생각을 하면서 견뎌 냈다니 역시 독특한 아이다. 왕따가 끝난 지금도 혜진은 연극이라고 생각하고 있을까? 아니면 이제야 비로소 현실을 살까? 혜진을 철저하게 버려두던 아이들은 모두 기억상실증에 걸렸다. 언제 그랬냐는 듯이 자연스럽게 어울리고 있다. 사실은 친구처럼 지내고 싶었는데 왕따였기 때문에 접근하지 못한 건지도 모른다.

연극배우도 고통을 느낄까?

준서는 아이들이 쑤군거리는 소리를 들으면 실제로 명치끝이 콕콕 쑤

시고 허벅지가 발로 차인 것처럼 고통스럽다. 배우는 아프다고 소리쳐도 실제로는 아프지 않을 것이다. 이렇게 고통스러운데 연극이라는 건 말이 안 된다. 중요한 건 지금 무대 위에 있다는 것, 링 위에 있다는 것. 그렇다면 현재다. 더군다나 결정적인 순간에 한눈을 파는 심판은 팔짱까지 끼고 있다. 누구나 알고 있듯이 링 위에서는 반칙이 통한다.

숨이 막힐 것 같아.

생각이 대답한다.

숨이 막혀야 경기가 끝나.

죽어야 끝난다고?

모두 죽음을 기다리고 있다.

모두는 아니야. 준서는 엉덩이에 얼굴이 박힌 채 링 위에 널브러져 있는 자신을 본 후 관중석을 돌아보았다. 호기심이 가득한 눈으로 챔피언을 응원하는 사람들 사이에 가슴을 쿡 찌르는 눈동자가 있다. 걱정을 가득 담은 눈동자는 흐느끼고 있다. 살아남으라고, 링 위에서 도망치라고 소리치고 있다.

하지만 엄마 아빠, 도망칠 수 없어. 도망칠 데가 아무 데도 없어.

링 위에서 살아남는 방법은 뭘까? 관중들이 케리의 반칙에 분노하는 것처럼, 빅마운틴에게 응원을 보내는 것처럼 누군가 손을 내밀어 준다면 챔피언의 엉덩이쯤이야 확 깨물어 줄 텐데. 준서는 반동을 이용해 강민의 얼굴을 발로 차서 쓰러뜨린 후 팔꿈치로 등을 찍어 누르는 상상을 했다. 관중들이 놀라서 소리를 지른다. 어린아이들은 박수를 치며 좋아한다. 아이들은 정직한 기술을 쓰는 선수를 좋아하는 법이다. 준서는 상상 속으로 뛰어들었다. 이제 링 위에는 두 명의 준서가 있다. 빈정거림으로 가득했던 강민의 얼굴에 당혹스러움이 떠오른다. 눈알을 부지런히 굴리며 두 명의 준서를 번갈아 보고 있다. 준서들은 머뭇거리지 않았다. 민첩하게 강민의 팔을 뒤로 꺾고 복부를 강타해 무릎을 꿇렸다. 그리고 머리와 어깨를 동시에 공격했다. 고통으로 일그러진 강민의 얼굴은 벌겋게 달아오르고 이마에 힘줄이 툭 불거진다. 커다란 입을 벌려 살려 달라고 외치고 있다. 준서들은 마치 인형처럼 가볍게 강민을 들어 바닥에 팽개친 후 손을 허벅지에 넣어 다리를 90도로 세웠다. 심판이 다가와 카운트다운을 외치기 시작한다. 원, 투, 쓰리. 심판은 준서를 양옆에 세우고 팔을 들어 챔피언을 알렸다. 강민은 링 위에 얼굴을 박은 채 꼼짝도 못 하고 있다. 두 명의 준서는 챔피언 벨트를 들고 관중을 향해 손을 흔든다. 이제 관중들은 강민을 잊었다. 새로운 챔피언을 향해 환호하고 있다.

하지만 준서는 한 명이다.

링 위에 올라와 도와줄 사람은 아무도 없다.

준서는 잠시 담임을 떠올렸다.

"김준서. 조회 시간에 어디에 있었어?"

"배가 아파서 화장실에요."

그뿐이었다. 담임은 대답을 건성으로 듣더니 바로 수업을 시작했다. 혜진이 왕따를 당할 때는 담임이 눈치채지 못하는 것이 그렇게 고마울

수가 없더니 지금은 조금만 고맙다. 담임이 모른다는 건 부모님이 눈치 챌 일도 없다는 걸 의미한다. 어쨌든 칼이라는 별명은 담임에게는 과분하다.

27

그놈들을 보고 난 후부터 일이 꼬이기 시작했다.

강민은 자신을 바라보는 아이들의 시선이 달라졌음을 느낀다. 은영이도 데면데면하게 군다. 역시 교실에서 김준서를 무릎 꿇리는 게 아니었다. 예선전에서 제대로 활약하지 못한 것도 마음에 걸린다. 다음 경기에서 이기지 못하면 결승은 꿈도 꿀 수 없다. 겉으로 드러내 놓고 말하는 애들은 없지만 속으로는 무시하고 있을 것이다.

재미있는 일이 필요하다. 모두 함께 즐길 수 있는 일. 내면의 폭력성을 자극해 욕망을 꿈틀거리게 하는 일. 강민은 종례 후, 담임이 나가는 것을 확인하고 소리쳤다.

"반장, 가장행렬에서 제일 중요한 게 난쟁이 똥자룬데 연습 안 해도 돼?"

"어, 해야지."

"내가 대신 시킬까?"

"그러든지."

뭐야, 저 대답은? 고맙다고 해야 하는 거 아니야? 한지희 쟤가 언제 저렇게 컸지? 강민은 얼굴이 굳어졌다. 너무 예민해진 탓이야. 그렇게 마음을 고쳐먹었다.

"자루부터 잡아."

"자루가 어디 있는데?"

강민은 김준서를 가리켰다.

"난 또 난쟁이 똥자루인 줄 알았잖아."

"그 자루가 그 자루지."

아이들은 벌써 신이 나 죽겠다는 얼굴이다.

강민은 주위를 둘러보았다. 모두들 뭐가 바쁜지 서둘러 교실을 나가고 있다.

"재네들 또 시작이야."

들릴락 말락 소곤거리며 지나가는 여자애들도 있다. 강민은 그들의 뒤통수를 노려보았다. 너희들이 원했던 거잖아, 속으로는 즐기고 있으면서 왜 이제 와서 착한 척이야! 왜 아무도 관심을 보이지 않는 거야! 이리 와서 찌질이 김준서가 최강민한테 당하는 꼴을 보란 말이야! 강민은 입술을 꾹 깨물었다.

교실에 남아 있는 건 청소하는 애들뿐이다. 별 볼 일 없는 관중. 맥 빠지는 일이다. 하지만 더 재미있게 즐기면 된다. 더 유쾌하고 더 통쾌하게.

김준서는 아이들에게 질질 끌려왔다. 예상했던 대로 준서는 작가가 써 준 시나리오대로 잘 움직이고 있다. 이제야 비로소 제 역할을 찾아

제대로 기고 있다. 반 아이들은 동영상을 통해 이 모습을 보게 될 것이다. 그리고 최강민의 힘을 다시 한 번 실감할 테지. 절대 건드릴 수 없는 애라는 걸 깨닫게 될 것이다.

아이들은 간신히 숨만 붙어 있는 축 늘어진 물고기를 잡아 놓고 요리를 구상 중이다.

"자루는 뭐로 하지?"

"쓰레기봉투 있잖아."

"완전 인간쓰레기네."

강민은 검은색 비닐을 건네받아 손으로 비벼 활짝 벌렸다.

"들어가."

준서는 고개를 푹 수그린 채 꿈짝도 않고 있다. 강민은 입꼬리를 올려 웃었다. 구르라고 했을 때 바로 굴러 버리면 재미가 없다. 밟기도 전에 꿈틀하면 밟고 났을 때 뒷맛이 개운하지 않다. 적당히 개겨 주어야 쾌감도 커진다. 김준서한테 이보다 더 잘 어울리는 배역이 어디 있을까?

너도 꽤 훌륭했지.

강민은 가슴속에서 또렷하게 울리는 소리를 들었다.

무슨 소리야?

저 일그러진 얼굴, 원망에 가득 찬 눈동자, 삐질삐질 흘리는 땀 좀 봐. 꼭 난쟁이 똥자루잖아.

이제 역할은 바뀌었어.

과연?

지금 이렇게 노력하고 있잖아. 내 역할을 지키기 위해서.

강민은 한 번 더 소리쳤다.

"들어가!"

준서는 고개를 푹 수그린 채 꼼짝도 않고 있다.

"너도 우리 반을 위해서 뭔가를 해야지?"

"맞아, 우리가 이렇게 참아 주고 있는데 보답을 해야 할 거 아니야."

아이들의 눈이 번뜩인다.

"울겠다. 계집애처럼."

말이 끝나자마자 눈물이 뚝 떨어진다. 조그만 입술이 꼬물대며 움직거린다.

"이 새끼 뭐라는 거야?"

"정말 못 봐 주겠네."

강민은 아이들에게 눈짓을 했다. 두 명이 붙어서 준서의 겨드랑이에 팔을 끼고 번쩍 들어 올렸다. 반항을 할까 싶었던 준서는 쓰레기봉투 속으로 쏙 들어갔다. 한 명이 팔꿈치로 어깨를 찍어 눌러 준서를 주저앉혔다.

"묶어!"

다른 한 명이 발로 어깨를 누른 채 봉투를 묶는다. 검은 비닐 속에 들어간 난쟁이 똥자루는 정말 쓰레기 같아 보인다.

"난쟁이 똥자루가 똥자루 속에 들어갔으니 난쟁이가 똥자루냐, 똥자루가 난쟁이냐."

강민의 말에 아이들이 폭소를 터뜨렸다.

"걸어!"

똥자루가 흔들린다.

"걸으란 말이야!"

쓰레기가 요동친다.

"걷지 않으면 쓰레기장에 처박아 버린다."

꿈틀대던 김준서는 옆으로 넘어졌다.

강민이 발을 내지르는 것을 시작으로 아이들도 덤벼들어 쓰레기봉투를 반죽하기 시작했다.

"으아아아아."

봉투 속에서 긴 울음소리가 터져 나온다.

"쓰레기가 우네."

"해외 토픽감이다."

강민은 손을 탁탁 털었다.

"그러게. 그때 용서해 달라고 빌지 그랬어. 바보 같은 자식."

"왜 이렇게 속이 시원하냐?"

"동영상 찍은 거 자사모에 올리면 진짜 웃기겠다."

강민은 어깨를 으쓱하고는 앞장서서 걸었다. 아이들이 바로 뒤따라왔다. 교실을 나서면서 흉물스럽게 불거진 검은 봉투를 힐끔 쳐다보았다. 웃기지도 않고 속이 시원하지도 않다. 강민은 굳어진 얼굴을 손바닥으로 문질렀다. 분명히 재미는 있었다. 하지만 가슴이 답답한 건 여전하다. 자신이 시작한 일이다. 그런데 왜 켕기는 거지?

넌 점점 더 잔인해지고 있어.

힘이 점점 더 세지고 있기 때문이야.

아이들이 진짜 너를 좋아하는 걸까? 두려워하는 거라고는 생각해 보지 않았어?

두려워해도 좋아.

나는 강해지고 싶어.

케리가 엉덩이를 까고 빅마운틴의 얼굴에 올라탔던 장면이 떠오른다. 빅마운틴은 반칙의 명수 케리를 상대하면서 정직한 기술만 썼다. 그러니까 평생 도전자밖에 할 수 없는 것이다. 빅마운틴은 케리의 똥구멍에 입을 박고서도 스스로 자랑스러웠을까? 아니다. 부끄러웠을 것이다. 도전한 것을 후회했을 것이다. 반칙을 쓰지 않은 것을 억울해 했을 것이다. 링 위에서는 언제나 반칙이 난무한다. 중요한 건 얼마나 예술적으로 반칙을 사용하는가, 상대 선수에게 얼마나 치명상을 입히는가다.

중요한 건, 챔피언은 케리라는 것이다.

28

"야, 빨리 가자."

"갑자기 배가 아파. 화장실 좀……. 먼저 가."

성원은 그렇게 말하고 화장실로 뛰어갔다. 가슴속에서 북소리가 요란하게 울린다. 찬물로 세수를 했다. 거울 속에 비친 얼굴이 낯설다.

아이들 몇은 멀찌감치 떨어져서 준서가 당하는 꼴을 지켜보고 있었다. 성원은 다른 날보다 열심히 청소를 했다. 하지만 아무리 신경을 쓰지 않으려고 노력해도 아이들이 키득거리는 소리는 끊임없이 들려왔다. 기어코 김준서가 울음을 터뜨렸을 때 성원의 가슴도 쿵, 내려앉았다.

"우리가 가서 도와줄까?"

"미쳤냐?"

아이들이 소곤거렸다. 그래, 미치지 않고서야 강민네 애들을 상대로 준서를 도울 수는 없다.

"쟤가 엔간히 반항이라도 해야 돕지."

"나 같으면 그냥 도망갔겠다."

비겁한 변명들.

성원은 입을 꾹 다물었다. 손에 물을 묻혀 거울에 튕겼다. 지저분한 거울은 얼룩 속에 물방울을 뒤섞어 버린다. 뿌연 거울 속에 상처가 잔뜩 난 얼굴이 있다.

다시 교실로 갔다. 아이들이 던져 놓은 자물쇠가 책상에 그대로 있다. 준서는 검은 비닐 속에 들어앉은 채 움직임이 없다. 아무도 봉투를 풀어 주지 않았다. 아무도 속에 자신도 있다. 울컥, 화가 치민다.

왜 가만히 있는 거니? 언제까지 그러고 있을 거야?

마치 잠을 자는 것 같다. 가느다란 숨결만이 검은 비닐 봉투에 들어 있는 게 생명이라는 것을 말해 주고 있다.

성원은 매듭을 풀었다. 그리고 비닐을 벗겼다. 땀 냄새가 훅 풍겨 온다. 김준서는 두 무릎을 곧추세운 채 머리를 수그리고 쪼그려 앉아 있다. 손을 뻗어 어깨를 살짝 건드렸다. 흠칫 놀라더니 고개를 돌려 바라본다. 눈물에 젖은 얼굴이 지저분하다.

"왜 아직도 안 갔어?"

성원이 물었다.

"비닐이 찢어진다는 것도 모르냐?"

"알아."

자다 일어난 것처럼 목소리가 갈라져 있다.

그리고 둘 다 말이 없다. 한 명은 검은 비닐을 깔고 앉아 있고 다른 한 명은 고개를 돌려 창밖을 내다보고 있다.

"너도 내가 밉니?"

"아니."

성원은 텅 빈 운동장을 내려다보며 대답했다.

"정말?"

"빅마운틴 사진 미안하다."

가슴속에서 들끓고 있는 목소리로 말하니 속이 다 시원하다.

"괜찮아."

준서는 자리에서 일어났다. 그러고는 비닐 봉투를 주워 쓰레기통에 넣었다.

"너, 나랑 농구하러 갈래?"

"농구?"

"요새 농구 연습하러 다니거든. 우리는 후보지만 또 모르잖아."

"……."

"곤란하게 했다면 미안해. 하긴, 누가 나 같은 애랑 친구를 하겠냐."

준서는 흐르는 땀을 닦을 생각도 하지 않고 비칠비칠 걸음을 옮긴다.

준서의 등이 외롭다고 말하고 있다. 도와 달라고 말하고 있다. 잔뜩 기대를 하고 있다. 지금 준서를 따라나선다면 왕따와 친구를 하는 것이다.

목소리가 채근한다.

그동안의 죄책감을 모두 떨쳐 버릴 수 있는 기회야.

나는 죄책감 따위는 없어.

그러면 왜 다시 교실에 온 건대?

그거야…….

준서가 문을 나서고 있다.

한 번만 더 말하면 같이 갈지도 몰라.

준서가 고개를 돌린다.

"정말 안 되겠지?"

"어, 오늘은 과외 가야 돼. 다음에 가자."

거짓말쟁이. 비겁해.

"고마워. 말이라도."

준서는 교실을 나갔다. 성원은 책상에 걸터앉아 운동장을 노려보았다. 정말 안 되겠지? 목소리를 기억한 귀가 반복 재생을 하고 있다. 준서는 보도블록을 따라 천천히 걷고 있다. 푹 꺾인 고개가 바닥으로 곤두박질칠 것 같다. 문득 걸음을 멈추더니 고개를 들어 뒤를 돌아본다. 성원은 가만히 준서를 내려다보았다.

미안하다.

성원은 입 모양으로만 말했다. 준서가 절대 볼 수 없는 거리에서 소리도 나지 않는 말을 하는 자신이 한심하기만 하다. '손이라도 흔들어 줄걸.' 하는 생각이 났을 때는 이미 늦어 있었다. 운동장은 한 폭의 그림처럼 움직임이 없다.

결국 아무것도 하지 못했어.

알고 있어.

혜진이 때처럼 강민이 마음을 고쳐먹기만 바라고 있는 거니?

닥쳐!

29

"오늘 경기 승패에 따라 본선 진출이 결정된다. 알고 있겠지만 무승부로 끝나면 너희들의 농구 경기도 끝이다. 체육 대회 때 편안하게 앉아서 부러운 눈으로 구경만 하느냐 스포트라이트 받으며 농구 코트에서 눈부신 활약을 하느냐는 오늘 시합으로 결정된다. 강민?"

준서는 자기 이름이 불린 것처럼 몸을 흠칫 떨었다.

"특별한 전략이라도 있나?"

강민은 지금 어떤 얼굴을 하고 있을까?

"최선을 다하겠습니다."

자신 있게 대답한다.

"좋다. 선생님도 끝까지 지켜보도록 하겠다."

담임은 말은 그렇게 했지만 경기가 시작될 때까지 나타나지 않았다. 어쩌면 그 말은 경기가 끝날 때쯤 오겠다는 소리였는지도 모른다. 마지막이 될는지 모르는 경기를 앞두고 주전이 될 가능성이 희박한 후보 선수들은 툴툴거리면서 뒤를 따랐다.

"도움도 안되는 것들이 되게 시끄럽게 구네."

강민은 아이들을 하나하나 노려보았다. 준서는 자신에게만 유독 오래 머물던 시선에 포획되어 성원 뒤를 겨우 쫓아갔다. 후보 자리에 앉아 겨우 고개를 들었을 때야 다른 아이들이 모두 내뺐다는 것을 알았다. 후보 선수는 성원과 둘뿐이었다.

준서는 눈으로만 경기를 보았다. 농구공은 때로는 아이들 다리 사이로 때로는 아이들 키보다 높이 떠올라 코트를 가로지른다. 열 명의 아이들은 서로 뒤엉켜 있어 누가 같은 편이고 다른 편인지 알 수 없었다.

성원이라도 있어서 다행이었다.

"나도 한 번쯤 주전으로 뛸 수 있는 기회가 올까?"

준서는 성원을 돌아보며 말했다.

"딱 한 번이라도 그런 기회가 올까?"

성원은 준서를 힐끗 돌아보고는 길게 한숨을 쉬었다.

그때였다. 노래를 부르며 응원을 하던 여자아이들이 비명을 질렀다. 무슨 일이 있었던 걸까? 선수 하나가 배를 감싸 쥐고 바닥에 엎드려 있다. 준서네 반 선수다. 반칙은 아니었던 모양인지 경기는 잠시 중단되었고, 심판 보는 선생님이 선수 교체 신호를 보내며 호루라기를 불었다. 하지만 강민을 비롯한 아이들은 어깨만 으쓱할 뿐이었다. 선생님은 더 요란하게 호루라기를 불며 재촉했다. 강민은 후보 석으로는 시선도 주지 않은 채 선생님 쪽으로 뛰어갔다. 네 명이서 경기를 계속할 생각인 것 같았다.

느닷없이 성원이 준서에게 주먹을 내밀었다. 준서는 얼떨결에 자기도 주먹을 쥐어 가볍게 부딪쳤다.

"너도 이제 주전이야."

성원은 준서의 어깨를 두드리며 웃어 주었다. 순간 혜진의 목소리가 들렸다.

'연극은 끝나게 되어 있다.'

준서는 얼떨결에 자리에서 일어섰다. 선생님이 호루라기 불기를 멈추었다. 응원 소리마저 멎어 코트 안은 정적이 흘렀다. 강민이 어처구니없다는 얼굴로 준서를 보고 있었다.

한 번이라도 주인공으로 살아 본 일이 있는가?

한 번이라도 나만의 무대에 서 본 일이 있는가?

사실은 관객이 있건 없건 상관없이 늘 인생이라는 무대 위에서 주인공이었을 것이다. 내가 없어지면 인생도 사라지니까. 주인공 역할을 배정받고는 조연이라며 툴툴대면서 살아왔는지도 모른다.

준서는 무대에 오르기 위해 이를 악물고 신발끈을 고쳐 맸다. 더 이상 도망칠 데가 없다. 낭떠러지에 서는 기분으로 코트 안으로 뛰어 들어갔다.

같은 편이면서 적의에 찬 아이들이 낮게 으르렁거린다. 경기는 다시 시작되었다. 마지막 쿼터였다. 자기보다 머리 하나는 큰 아이들 틈에서 자기 머리보다 더 큰 농구공을 쫓으며 준서는 부지런히 몸을 놀렸다. 아이들에게서 후끈한 땀 냄새가 풍겨 왔다. 지칠 대로 지친 아이들에게

서 무거운 땀방울이 흩어졌다. 아이들은 상대편 선수들을 방어하느라, 같은 편이라는 걸 인정할 수 없는 준서를 공격하느라 경기에 집중하지 못했다.

준서는 자신의 역할에만 충실하기로 했다. 주인공이라는 역할을 제대로 해내기 위해서는 더 빠르게 더 강하게 움직여야 했다. 2점을 뒤지고 있는 상황이었고 남은 시간은 1분이었다. 공을 잡고 있는 건 강민이었다. 덩치가 큰 강민은 눈에 너무 잘 띄어서 금세 상대편 선수들로부터 둘러싸였다.

"패스, 패스!"

아이들이 소리 질렀다. 강민은 아무에게도 공을 줄 생각이 없어 보였다. 남은 시간은 불과 30초. 강민은 더 이상 지체할 수 없어 무리하게 몸을 돌렸고 상대편 선수와 부딪치면서 공을 놓쳤다. 준서가 재빨리 공을 받아 드리블을 해 나갔기 때문에 마치 강민이 준서한테 공을 패스한 것처럼 보이기도 했다.

아이들이 공의 행방을 깨달았을 때 준서는 이미 골대 밑에 있었다. 준서가 느닷없이 뒤로 물러났기 때문에 영문을 모르는 아이들이 야유를 했다. 준서는 거리를 가늠한 후 몸을 돌렸다. 아무것도 들리지 않고 아무것도 보이지 않았다. 오직 눈앞에는 골대뿐이다. 준서는 힘차게 점프하며 팔을 뻗었다. 공은 준서의 손에서 벗어나 커다란 포물선을 그리며 코트를 날아갔다.

"안 돼!"

강민이 소리 질렀다.

그 보다 더 큰 함성이 코트 안을 가득 메웠다.

30

1시. 대부분의 아이들은 점심을 먹었을 것이다. 준서는 슬슬 화장실에서 나왔다. 학교에서 급식을 먹지 않은 지 꽤 되었다. 아이들만 없다면 어느 장소건 안전하다. 손을 씻고 냄새를 맡아 봤다. 한 번 더 씻었다.

교실 안은 음식 냄새로 가득하다.

"어이, 쓰레기. 튀어 와."

검은 비닐 봉투에 담겨 이리저리 차인 이후로 아이들은 그렇게 부른다. 쓰레기 혹은 똥쓰레기. 준서는 다시 쓰레기봉투에 담겨 강민에게로 갔다.

"남은 거 마저 먹고 반납해라."

일부러 그랬을 것이다. 남은 밥과 반찬들이 서로 뒤섞여 있다.

호기심과 경멸이 가득한 눈들. 키득거리는 웃음소리.

"속이 안 좋아."

"나도 너 보니까 속이 안 좋아서 더 못 먹겠거든. 그러니까 빨리 처먹으라고."

"……."

"왜? 쓰레기가 먹기에는 음식이 너무 황공하냐? 그러니까 왜 기어 나와서 경기를 개판 쳐? 네가 뭔데 3점슛을 날려? 설마 그게 진짜 들어갈 거라고 생각한 거야? 우리 반을 아주 쓰레기로 만들려고 작정을 한 거지?"

아이들이 돌아가면서 한마디씩 했다.

"빨리 처먹어!"

"간덩이가 부었어. 쓰레기가 무슨 농구를 한다고."

강민은 아이들의 분위기에 고조되어 국그릇에 침을 뱉었다.

"네가 좋아하는 거잖아. 더러운 거. 빨리 먹어."

아이들은 요란하게 키들댔다.

"안 먹으면 이따가 밟아 버린다."

"밟힐 때가 되기는 했지."

벌레. 준서는 자신이 벌레가 된 느낌이다. 강민 앞에 있으면 징그러운 벌레가 되어 꼬물거리고 있는 것 같다. 언제 밟힐지 몰라 전전긍긍하며 비굴하게 바닥을 기어 다니는 벌레. 강민은 잔인한 눈으로 벌레를 내려다보고 있다.

"야, 좀 봐줘라."

은영이다.

"불쌍하잖아."

그렇게 말하자 준서는 자신이 진짜 벌레가 된 것 같다.

“봐주긴 뭘 봐줘?”

혜진이다. 준서는 고개를 들었다.

“그렇지? 이런 자식 봐줄 필요가 없지.”

강민이 자신감에 차서 대꾸했다.

혜진이라면, 할 말 없다.

준서는 보이지 않는 손과 발에 두들겨 맞기 시작했다. 고통은 현실처럼 온몸으로 퍼져 제대로 서 있을 수가 없다.

“얘가 뭘 잘못했냐, 봐주게?”

혜진은 당차게 말했다.

쿡쿡 쑤셔 오던 고통이 일순간 사라지는 것 같다.

“뭐라고?”

강민은 당황한 기색이 역력하다.

“윤혜진, 그게 무슨 소리야?”

은영이 강민의 눈치를 보며 혜진이 윗도리를 잡아당긴다.

“너네들 되게 웃긴 건 알지?”

혜진이 그 소리를 하고는 몸을 팩 돌리고 갔다.

가슴에서 폭죽 터지는 소리가 난다. 꽁꽁 묶여 있던 몸이 한순간에 자유로워졌다. 생각 같아서는 소리라도 지르며 방방 뛰고 싶다.

“저거 미친 거 아니야?”

“그동안 너무 띄워 줬어.”

“개구리 올챙이 적 생각 못 한다니까.”

은영이 아이들을 저지하며 말했다.

"참아. 말했잖아. 안 되는 거."

"윤혜진이니까 참는다."

아이들은 의아한 표정으로 강민을 돌아본다.

"윤혜진이 워낙 특이한 성격이니까 마음 넓은 우리들이 봐주자는 소리지."

무슨 일이 있었던 걸까? 준서는 강민의 얼굴에 낭패감이 스치는 것을 보았다.

"기분 더럽다. 하던 거나 마저 하자."

준서는 다시 가슴이 요동치기 시작했다. 검은 비닐이 다시 머리부터 씌워지기 시작한다. 하지 마! 소리 한 번 외치지 못하고, 주먹이라도 한 번 지르지 못하고, 어둠 속에 갇혀서 두들겨 맞았다. 그리고 지금 똑같은 일이 벌어지려고 한다.

혜진이가 다시 와 주지 않을까?

걔가 네 보호자라도 되니?

생각이 이죽거린다.

나를 보호할 수 있는 건 나밖에 없다. 알고 있어.

"처먹어."

속이 울렁거린다. 준서는 가파른 언덕을 올라가는 것처럼 거칠게 숨을 몰아쉬었다.

"처먹으라고!"

숨이 제대로 쉬어지지가 않는다.

그때 교실을 가르는 엄청나게 큰 소리가 들렸다.

“씨팔! 그만두지 못해! 거지 같은 새끼들아!”

준서는 자기 입을 손으로 만졌다.

네가 한 말이 아니야.

생각이 말했다.

준서는 소리가 난 쪽으로 고개를 돌렸다.

윤혜진이다.

“저 미친년이!”

강민이 맞받아치며 혜진이 쪽으로 다가갔다.

빨리 가서 도와줘.

생각이 소리친다.

그래야지. 내가 가서 도와줄 거야. 혜진이가 그랬던 것처럼.

하지만 준서는 그 자리에 못 박힌 것처럼 서 있을 뿐이다.

몸이 움직이질 않아. 어떻게 해야 할지 모르겠어.

강민이 손을 올리고 있다. 혜진은 꼿꼿하게 서 있다. 여자아이들이 비명을 지른다.

강민은 분명히 때릴 거야. 물불을 가리지 않으니까. 힘만 세면 최고인 줄 아는 애잖아. 아이들을 선동해서 약한 애들을 괴롭히는 주제에. 저런 건 강한 게 아니야. 비겁한 거지. 케리만도 못해. 케리는 적어도 일대

일로 싸우지. 그건 링의 규칙이니까. 강민은 자기보다 강한 애들한테 절대 덤벼드는 법이 없어.

준서는 눈을 감았다.

나는 남자도 아니야.

눈물이 나려는 걸 꿀꺽 삼켰다.

다시 눈을 떴을 때 강민의 손은 성원에게 붙들려 있었다. 마치 정지 화면처럼 둘은 한참을 그러고 있다.

"이거 놔."

강민이 으르렁거린다.

"못 놔."

성원의 얼굴이 벌겋게 달아오른다.

"네가 뭔데?"

"이제 그만 좀 괴롭히지?"

"오, 네가 무슨 윤혜진 애인이라도 되냐?"

아이들은 숨소리 하나 내지 않고 둘을 지켜보고 있다.

"그러는 너는 나은영 애인이냐?"

성원의 말에 아이들이 웃음 섞인 야유를 보냈다.

"선생님, 오신다!"

그 소리에 아이들은 흩어져서 제자리로 돌아갔다. 강민과 성원도 어쩔 수 없다는 듯이 팔을 풀었다. 아이들이 모두 자리에 앉고 나서도 선생님은 들어오지 않았다. 싸움을 멈추게 하려고 지희가 둘러댄 것이었다. 하지만 지희에게 뭐라고 하는 애는 아무도 없었다.

준서는 자리에 앉아 책상을 뚫어져라 내려다보았다.

그리고 호주머니에서 종이를 꺼냈다.

> 죽은 목숨이라면 죽어.
>
> 산목숨이라면 살아.

김준서에게 김준서가 보낸 쪽지였다.

31

"김준서, 따라와."

강민은 명령을 하며 앞장을 섰다. 준서는 잠시 망설이다가 가방을 둘러멨다. 아이들은 모두 집에 갈 준비를 하느라고 바빴다. 준서는 성원과 혜진에게 한 번 시선을 준 뒤 눈을 내리깔고 강민의 뒤를 좇았다.

강민은 별관 담을 끼고 돌더니 뒤쪽 구석에 있는 등나무 아래 앉았다. 준서는 엉거주춤하며 앞에 섰다.

"너 때문에 우리 팀이 진 건 알지?"

강민은 눈에 힘을 주며 을러댔다.

"애들이 얼마나 벼르고 있는 줄 알아? 앞으로 무슨 일 당할지 상상이나 되냐? 너 이제 완전 큰일 난 거야."

그러더니 픽, 웃는다.

"물론 내가 서포트 해 줬으면 그까짓 점수 내는 것쯤 누워서 떡 먹기였을 테지. 우리가 예전처럼 점심시간에 같이 농구를 할 수도 있고 말이야. 너는 내가 없으면 안 되는 거야."

"……"

"그동안 많이 힘들었지?"

"……"

강민이 웃는 얼굴을 한다. 준서는 천천히 숨을 뱉었다. 무슨 말을 하려는지 의도를 파악할 수가 없다.

"내가 지금 당장 너를 왕따에서 벗어나게 해 줄 수 있거든."

준서는 머리가 복잡해졌다. 왕따에서 벗어날 수 있는 길은 왕따가 바뀌는 것뿐이다. 준서는 싱글거리고 있는 강민을 내려다보며 물었다.

"조건이 뭔데?"

"눈치 하나는 빠르네."

강민이 정확하게 눈을 맞추며 말한다.

"박성원 새끼, 나한테 하는 거 봤지? 한번 밟혀야 정신 차리지 않겠냐?"

"……"

"내가 앞장서면 보기 안 좋으니까 네가 좀 해 봐. 물론 반 애들이 모두 협조할 거지만 대장은 있어야지."

대장? 왕따를 시키는 건 대장이 아니라 가해자야.

준서의 머릿속에서 긴장을 늦추지 않고 있던 생각이 속삭인다.

"체육 대회 때 가장행렬 하려면 힘 좀 들 거야. 역할도 바꿔 줄게. 아, 박성원이 하면 되겠다. 재밌겠는데."

하루아침에 왕따가 됐던 것처럼 또 순식간에 왕따에서 벗어날 기회가 주어졌다.

"윤혜진한테 했던 것처럼 하면 돼."

꼬붕 새끼.

생각이 혜진의 목소리를 흉내 낸다.

"넌 내가 시키는 대로만 하면 되는 거야."

기회가 아니라 유혹이야.

"싫어."

"뭐라고?"

강민의 눈이 커진다.

"나는 성원이를 괴롭히고 싶지 않은데."

"너 미쳤냐?"

"……."

"너, 나 무시하는 거지?"

"무시한 적 없어."

"계속 왕따당해도 좋아?"

"싫어."

"그러면 시키는 대로 해!"

"싫어!"

강민은 얼굴이 벌겋게 달아오르기 시작했다.

"너 이게 뭔지 알아?"

강민이 손목을 들었다. 칼자국이 선명하다.

"죽고 싶을 만큼 괴로워 본 적 있어? 그래서 자살을 시도해 본 적 있어? 너 최강민을 우습게 봤어! 나는 두려울 게 없는 사람이야. 차라리 죽었으면 좋겠다고 생각하면서 몸에 칼을 댔다고!"

강민은 준서를 벽에 밀어붙이고는 한쪽 손으로 어깨를 잡고 다른 손으로 목을 틀어쥐었다. 그리고 점점 세게 눌렀다. 준서는 어지럼증을 느꼈다. 주먹을 꽉 쥐고 서 있는 준서와 금방이라도 터져 버릴 듯 얼굴이 시뻘게진 강민을 가운데 두고 순식간에 로프가 둘러쳐졌다. 사각의 링이 빙글빙글 돌아간다. 준서는 중심을 잃지 않도록 다리에 힘을 꾹 주었다.

"너는 이렇게 졸려 봤어? 나는 졸려 봤거든. 그래서 어떻게 해야 숨통을 끊어 놓을 수 있는지 알거든."

용기를 잃지 마.

링 위에 올라온 김준서가 준서를 응원한다.

산목숨이면 살아.

준서는 목에 힘을 주었다. 숨구멍이 막혀 버리고 혀가 뽑히는 것 같다. 벌려진 입 사이로 침이 흐른다. 준서는 작지만 또렷한 목소리로 말했다.

"비. 겁. 해."

"뭐라고?"

준서는 다시 한 번 안간힘을 썼다.

"비겁…… 하다고."

"김준서, 죽었어!"

강민은 주먹에 힘을 실어 준서의 얼굴을 힘껏 갈겼다. 그러고는 바닥에 푹 고꾸라져 있는 준서를 발로 걷어찼다.

"병신이면 병신답게 굴어."

사람들의 환호 소리. 텅 비어 있던 관중석에 몰려들기 시작한 사람들이 열광적으로 강민을 지지하며 서둘러 자리에 앉는다. 심판이 다가온다. 혀를 쯧쯧 차며 포기 의사를 묻는다. 준서는 몸을 돌려 강민의 다리를 두 팔로 붙들었다.

"이게 미쳤나."

강민이 준서의 머리를 발로 짓밟았다. 준서는 머리를 감싸 안았다. 강민이 그 틈에 다리를 빼며 말했다.

"담임한테 이르면 죽어."

심판이 다가와 얼굴을 바짝 갖다 대며 준서의 얼굴을 들여다본다.

싸울 거야! 싸울 거라고!

준서는 손등으로 입을 닦으며 일어섰다. 빨간 피가 묻어 나왔다. 피를 보니 웃음이 났다. 준서는 한 주먹을 앞으로 내밀고 링 밖으로 빠져나가려는 강민 뒤를 바짝 쫓았다. 눈치를 챈 강민이 고개를 돌리는 찰나 주먹을 날렸다. 강민의 볼에 준서의 벌건 피가 도장처럼 꾹 찍힌다.

"케리 같은 놈."

준서는 의식적으로 목소리를 높여 빈정거리고는 강민의 팔을 잡고 덥석 물었다. 강민이 소리를 지르며 준서의 머리카락을 잡아챘다.

"펑키 같은 놈."

강민이 준서의 얼굴을 내리쳤다. 코피가 터졌다. 준서의 코에서 흘러나온 코피가 입으로 턱으로, 다시 강민의 팔뚝으로 뚝뚝 떨어진다.

"진드기."

강민이 준서의 무릎을 걷어찼다. 그제야 준서가 강민에게서 떨어졌다. 피는 준서의 윗도리를 홍건히 적시면서 멈출 줄 모르고 흐른다. 준서는 강민의 눈동자가 흔들리는 것을 보았다.

사실은 너도 두려웠던 거지?

준서는 강민의 눈동자를 노려보며 다시 달려들었다. 강민은 살짝 몸을 비틀어 피했다. 준서는 중심을 잃고 앞으로 엎어졌다.

"쫓아오면 죽여 버릴 거야!"

"죽이고 가."

준서는 중얼거리며 일어섰다. 그러고는 뒷걸음질 치는 강민의 배를 머리로 박았다. 강민은 그대로 엉덩방아를 찧었다. 준서가 강민의 배에 올라탔다. 하지만 바로 강민에게 깔리고 말았다.

"제발, 그만하자."

강민은 이제 애원하기 시작한다. 준서는 뜨거운 숨을 토해 냈다. 금방이라도 숨이 넘어갈 듯 몸이 무너져 내린다. 하지만 여기서 그만두면 처음부터 다시 시작해야 한다는 것을 잘 알고 있다. 준서는 힘겹게 일어서는 강민의 바짓가랑이를 꼭 붙들었다.

강민은 준서의 손을 발로 밟아 비볐다. 그러고는 뒤도 돌아보지 않고 뛰기 시작했다. 다리가 허청거려 앞으로 곤두박질칠 것 같다. 땀인지 눈물인지 피인지 알 수 없는 것들이 자꾸 흘러내려 얼굴이 따끔거리는데 눈도 깜빡일 수 없다. 뛰기를 멈추면 주저앉을 것 같다. 눈을 감으면 눈물이 날 것 같았다.

준서는 정신을 차리기 시작했다.

심판이 카운트다운을 외친다. 열을 셀 때까지 링 밖에 있는 선수가 링 위로 올라오지 못하면 경기에서 진 것이다. 동시에 링 안에 있는 선수가 쓰러져 일어나지 못하면 경기에서 진 것이다. 준서는 피를 퉤, 뱉었다. 벌써 다섯을 외치고 있는 심판이 얼굴을 바짝 들이밀며 말한다.

야, 그대로 엎어져 있어. 네가 져야 하는 게임이야. 각본을 바꿔서는 안 돼.

"꺼져."

준서는 가까스로 일어섰다. 다리가 부들부들 떨린다. 무릎이 꺾이려고 한다. 관중석을 둘러보았다. 모두들 호기심 가득한 얼굴이다.

"관중이 원하는 게 뭐건 상관없어. 작가가 써 준 시나리오대로 움직이지 않는 레슬러, 그게 바로 김준서다."

심판이 열을 셀 때까지 준서는 두 다리로 우뚝 서 있었다.

심판이 열을 다 세고 나서야 바닥에 주저앉았다.

환호성을 질러야 마땅한 관중들은 사라지고 없다.

심판도 모습을 감췄다.

준서는 바닥에 드러누웠다.

흙바닥에서 올라온 찬 기운에 몸서리가 쳐진다.

Come on, come on, come on, let's get it on

나는 링 위를 떠나지 않을 것이다

준서는 두 손으로 흙을 그러쥐며 숨을 깊이 들이마셨다.

작가의 말

『지독한 장난』 덕분에 많은 청소년들을 만날 수 있었습니다. 작품 속에는 네 명의 인물 강민, 준서, 성원, 혜진이 등장합니다. 여러분들은 저마다 가장 좋아하는 인물이 있었고 또 싫어하는 인물도 있었습니다.

그런데 제가 이만큼 살아 보니 습관이 운명을 만든다는 말처럼 자기 의지도 중요하고, 본성도 중요합니다만 환경도 그에 못지않게 중요한 것 같습니다. 우리의 내면은 너무나 광활하여 어떤 환경에 처하느냐에 따라 자기 자신을 지키느라 방어도 하고 공격도 합니다. 이건 무의식이 하는 일입니다. 그리고 의식은 그럴 수밖에 없었노라고 합리화를 시킵니다. 죄책감은 괴로운 일이니까요.

그런데 다른 사람의 마음에 상처를 내놓고서 어쩔 수 없는 일이었다고 합리화를 시키다 보면 마음이 갑옷을 입습니다. 점점 더 무감각해지고 점점 더 잔인해집니다. 그런 일이 반복되면 갑옷이 몸이 되어 갑옷을 벗고 싶은 순간이 와도 벗을 수 없게 됩니다.

우리 안에는 네 명의 인물이 모두 다 있습니다. 어떤 환경에 처하느냐에 따라 어떤 친구들을 만나느냐에 따라 우리는 강민도 되고, 준서, 성원, 혜진도 될 수 있습니다. 그리고 또 정도의 차이가 있을 뿐 매번 그 역할이 바뀌고 선택의 순간이 주어집니다.

좋은 친구를 만나는 일은 어렵지만 우리가 누군가의 좋은 친구가 되어 주는 일은 어쩌면 좋은 친구를 갖기 위한 더 빠른 길일지도 모르겠습니다.

지금도 저는 종종 프로레슬링을 봅니다. 글 속에 등장하는 'Across the nation'은 Union Underground가 부른 RAW프로레슬링 테마곡이며 워리어와 헐크호건도 실제 존재하는 레슬러입니다. 그 외 레슬러들의 이름과 그들의 활약은 상상에서 나온 것이나 부분적으로 패러디한 부분도 있음을 밝힙니다.

『지독한 장난』을 다시 출간하며 지금의 청소년들이 읽는 데 불편한 곳을 부분적으로 수정하였습니다. 제목과 표지 그림이 그대로인 것처럼 작품 전체에 흐르는 정서는 그대로 두었습니다.

강민, 준서, 성원, 혜진이 더 많은 청소년 여러분들을 만날 수 있도록 수고를 아끼지 않은 '뜨인돌'에 감사함을 전합니다.

2014. 11.

이경화